Dangus I

Jos švytėjimas tarsi brangakmenio,
tarsi jaspio akmens, tviskančio kaip krištolas.
(Apreiškimo 21:11)

Dangus I

Žviskantis ir Gražus kaip Krištolas

Dr. Džeirokas Li

Dangus I: Tviskantis ir Gražus kaip Krištolas autorius: Dr. Džeirokas Li
Leidykla: Urim Books (Atstovas: Kyung-tae Noh)
73, Yeouidaebang-ro 22-gil, Dong-jak gu rajone, Seulas, Korėja
www.urimbooks.com

Visos teisės saugomos. Šios knygos ar jos dalių panaudojimas bet kokia forma, saugoma paieškos sistemoje, arba perduodama bet kokia forma ir bet kokiomis priemonėmis (elektroninėmis, mechaninėmis, fotokopijų, įrašų ar kitu) be išankstinio leidėjo sutikimo yra draudžiamas.

Autorinės teisės © 2016 Dr. Džeirokas Li
ISBN: 979-11-263-0044-0 04230
ISBN: 979-11-263-0043-3 (set)
Vertimo autorinės teisės © 2012 Dr. Ester K. Čung. Naudojama pagal leidimą.

2002 m. išleista „Urim Books" korėjiečių kalba

Pirmasis leidimas 2016 m. sausio mėn.

Redagavo Dr. Gym-sun Vin
Dizainas: Editorial Bureau of Urim Books
Spaustuvė: Yewon Printing Company
Daugiau informacijos: urimbook@hotmail.com

Pratarmė

Meilės Dievas net tik veda kiekvieną tikintįjį į išgelbėjimo kelią, bet ir apreiškia jam dangaus paslaptis.

Bent kartą gyvenime jums tikriausiai kilo klausimai: „Kur aš pateksiu po mirties?" ar „Ar tikrai egzistuoja dangus ir pragaras?"

Daugelis žmonių žūsta dar nesužinoję atsakymų į šiuos klausimus, ir net jeigu jie tiki pomirtiniu gyvenimu, ne visi pasiekia dangų, nes ne kiekvienas turi teisingas žinias. Dangaus ir pragaras – tai ne fantazija, tai realybė, esanti dvasinėje sferoje.

Iš vienos pusės, dangus yra pernelyg gražus, kad būtų palygintas su kažkuo žemėje. Ypatingai jeigu kalbame apie Naująją Jeruzalę, kur yra Dievo sostas, jos grožis ir džiaugsmas negali būti tinkamai aprašyti, nes viskas ten yra padaryta iš geriausių medžiagų dangiško meno dėka.

O pragaras yra pilnas begalinio, tragiško skausmo ir amžinos bausmės, jo baisi realybė yra aprašyta knygoje Pragaras. Dangus ir pragaras buvo atverti Jėzaus ir apaštalų, o šiandien jie yra nuodugniai atskleisti per Dievo žmones, kurie turi nuoširdų tikėjimą Juo.

Dangus – tai vieta, kur Dievo vaikai mėgaujasi amžinu gyvenimu, ten jiems yra paruošti neįsivaizduojami, gražūs ir stebuklingi dalykai. Jūs galite sužinoti apie tai smulkiau, jei Dievas jums leis tai pamatyti.

Aš septynis metus nuolat meldžiausi ir pasninkavau, kad galėčiau sužinoti apie dangų ir gavau atsakymus iš Dievo. Dabar Dievas rodo man daugiau dvasinės sferos gilesnių dalykų.

Kadangi dangus nėra matomas, yra labai sunku jį aprašyti šio pasaulio kalba ir žiniomis. Be to žmonės gali tai neteisingai suprasti. Štai kodėl apaštalas Paulius negalėjo detaliai papasakoti apie Rojų Trečiame danguje, kurį jis matė regėjime.

Be to, Dievas leido man sužinoti daugelį dangaus paslapčių, ir aš daugelį mėnesių pamokslavau apie laimingą gyvenimą ir įvairias vietas bei apdovanojimus danguje pagal tikėjimo saiką. Tačiau negalėjau pamokslauti visko, ką sužinojau, detaliai.

Dievas leidžia man atskleisti dvasinės sferos paslaptis per šią knygą tam, kad išsigelbėtų daugelis sielų, kad jie patektų į dangų, tviskantį ir gražų kaip krištolas.

Dėkoju Dievui ir giriu Jį už tai, kad leido man išleisti šią knygą – *Dangus I: Tviskantis ir Gražus kaip Krištolas,* kur yra aprašoma vieta, tviskanti ir graži kaip krištolas, pripildyta Dievo šlovės. Tikiuosi, kad suprasite didžiąją Dievo meilę, kuri rodo jums dangaus paslaptis ir veda visus žmones į išgelbėjimo kelią, kad ir jūs galėtumėte ten patekti. Be to, tikiuosi, kad jūs bėgsite šio amžinojo gyvenimo Naujoje Jeruzalėje link.

Dėkoju Gym-sun Vin, Redaktorių biuro direktorei ir jos darbuotojams, taip pat dėkoju Vertėjų biurui už jų sunkų šios knygos leidimo darbą. Meldžiu Viešpaties vardu, kad per šią knygą daugelis žmonių būtų išgelbėti ir mėgautųsi amžinu gyvenimu Naujoje Jeruzalėje.

Džeirokas Li

 Įžanga

Tikiuosi, kad kiekvienas iš jūsų supras kantrią Dievo meilę, pasieks sveikos dvasios būsenos ir bėgs Naujosios Jeruzalės link.

Dėkoju vien Dievui ir giriu tik Jį už tai, kad Jis leido daugeliui žmonių sužinoti tikrą tiesą apie dvasinę sferą ir bėgti link tikslo su dangaus viltimi per dviejų knygos Dangus dalių bei knygos Pragaras išspauzdinimą.

Ši knyga susideda iš dešimties skyrių, joje aiškiai papasakojama apie dangaus gyvenimą ir grožį bei skirtingas jame esančias vietas, taip pat apie apdovanojimus, skirtus pagal tikėjimo saiką. Tai Dievas apreiškė Gerb. Dr. Džeirokui Li per Šventosios Dvasios įkvėpimą.

1 skyriuje „Dangus: Tviskantis ir Gražus kaip Krištolas" aprašomi dangaus, kur nešviečia nei salė, nei mėnulis, džiaugsmas ir jo bendri bruožai.

2 skyriuje „Edeno sodas ir dangaus Laukimo vieta" parodomos

Edeno sodo vietos, kaip jie atrodo ir koks juose vyksta gyvenimas, kad galėtumėte geriau suprasti dangų. Šiame skyriuje skaitysite apie Dievo planą ir apvaizdą, kodėl Jis ten patalpino gėrio ir blogio pažinimo medį ir dvasiškai ugdo žmones. Be to čia pasakojama apie Laukimo vietą, kur išgelbėti žmonės laukia Teismo dienos, aprašomas gyvenimas toje vietoje, kokie žmonės įžengia į Naująją Jeruzalę iš karto po laukimo laikotarpio.

3 skyriuje „Septynių metų vestuvių banketas" iliustruojamas. Antrasis Jėzaus Kristaus atėjimas, Septynių metų Didysis sielvartas, Viešpaties grįžimas į žemę, Mileniumas, bei po to prasidedantis amžinas gyvenimas.

4 skyriuje „Nuo pasaulio sukūrimo laikų nežinomos dangaus paslaptys" išvardina dangaus paslaptis, apreikštas per Jėzaus palyginimus, čia pasakojama apie tai, kaip galima patekti į dangų ir kur yra daugybė buveinių.

5 skyriuje „Kaip mes gyvensime Danguje?" aprašomi dvasinio kūno ūgis, svoris ir odos spalva, bei kaip mes ten gyvensime. Įvairūs džiaugsmingo gyvenimo danguje pavyzdžiai, pateikti šiame skyriuje, ragina jus iš visų jėgų stengtis patekti į dangų ir turėti dideles dangaus viltis.

Įžanga

6 skyriuje „Rojus" yra aprašomas Rojus – žemiausias dangaus lygis, kuris yra žymiai gražesnis ir laimingesnis už šį pasaulį. Čia yra paaiškinama, kokie žmonės pateks į Rojų.

7 skyriuje, „Pirmoji Dangaus Karalystė," išaiškinamas gyvenimas ir atlygiai Pirmojoje dangaus karalystėje, kuri yra skirta tiems, kurie priėmė Jėzų Kristų ir stengėsi gyventi pagal Dievo žodį.

8 skyriuje „Antroji Dangaus Karalystė" įsigilinama į gyvenimą ir apdovanojimus Antroje karalystėje, kur įžengia tie, kas nevisiškai tapo šventi, bet vykdė savo pareigas. Čia taip pat pabrėžiamas paklusnumo ir savo pareigų vykdymo svarbumas.

9 skyriuje „Trečioji Dangaus Karalystė" aprašomi Trečiosios karalystės grožis bei šlovė, kurie yra nepalyginami su Antros karalystės lygiu. Trečioji karalystė skirta tik tiems, kas atsikratė savo nuodėmių, net savo prigimties nuodėmių, savo jėgomis ir Šventosios Dvasios pagalba. Čia aprašoma Dievo, leidžiančio žmonėms patirti išmėginimus ir išbandymus, meilė.

Pagaliau 10 skyriuje „Naujoji Jeruzalė" aptariama gražiausia ir šlovingiausia dangaus vieta – Naujoji Jeruzalė, kur yra Dievo sostas. Čia yra aprašoma, kokie žmonės patenka į Naująją

Jeruzalę. Šio skyriaus pabaigoje skaitytojai susipažins su savo viltimi per dviejų žmonių, įžengsiančių į Naująją Jeruzalę, namų aprašymus.

Dievas paruošė dangų, tviskantį ir gražų kaip krištolas, savo mylimiems vaikams. Jis nori, kad išsigelbėtų kuo daugiau žmonių ir laukia pasimatymo su savo vaikais Naujoje Jeruzalėje.

Viešpaties vardu tikiuosi, kad visi knygos *Dangus I: Tviskantis ir Gražus kaip Krištolas* supras didžią Dievo meilę, pasieks sveikos dvasios būsenos ir energingai bėgs Naujosios Jeruzalės link.

__Gym-sun Vin__
Redaktorių biuro direktorė

 Turinys

Pratarmė

Įžanga

1 skyrius **Dangus: Tviskantis ir Gražus kaip Krištolas • 1**
1. Naujasis Dangus ir Naujoji Žemė
2. Gyvenimo vandens upė
3. Dievo ir Avinėlio sostas

2 skyrius **Edeno sodas ir dangaus Laukimo vieta • 19**
1. Edeno sodas, kur gyveno Adomas
2. Žmonės yra ugdomi žemėje
3. Dangaus Laukimo vieta
4. Žmonės, negyvenantys Laukimo vietoje

3 skyrius **Septynių metų vestuvių banketas • 43**
1. Viešpaties grįžimas ir Septynių metų vestuvių banketas
2. Mileniumas
3. Dangus dovanojamas po Teismo dienos

4 skyrius **Dangaus paslaptys, paslėptos nuo pasaulio sukūrimo • 63**
1. Nuo Jėzaus laikų dangaus paslaptys turi būti apreikštos
2. Dangaus paslaptys apreikštos laiko pabaigoje
3. Mano Tėvo namuose daug buveinių

5 skyrius **Kaip mes gyvensime Danguje?** • 91

    1. Bendras gyvenimo būdas Danguje
    2. Rūbai Danguje
    3. Maistas Danguje
    4. Transportas Danguje
    5. Pramogos Danguje
    6. Garbinimas, švietimas ir kultūra Danguje

6 skyrius **Rojus** • 115

    1. Rojaus grožis ir laimė
    2. Kokie žmonės patenka į rojų?

7 skyrius **Pirmoji Dangaus Karalystė** • 129

    1. Ji pranoksta rojaus grožį ir laimę
    2. Kokie žmonės patenka į Pirmąją karalystę?

8 skyrius **Antroji Dangaus Karalystė** • 141

    1. Kiekvienam po gražų asmeninį namą
    2. Kokie žmonės patenka į Antrąją karalystę?

9 skyrius **Trečioji Dangaus Karalystė** • 157

    1. Angelai tarnauja visiems Dievo vaikams
    2. Kokie žmonės patenka į Trečiąją karalystę?

10 skyrius **Naujoji Jeruzalė** • 173

    1. Naujoje Jeruzalėje žmonės matys Dievą akis į akį
    2. Kokie žmonės patenka į Naująją Jeruzalę?

1 skyrius

Dangus:
Tviskantis ir Gražus kaip Krištolas

1. Naujasis Dangus ir Naujoji Žemė
2. Gyvenimo vandens upė
3. Dievo ir Avinėlio sostas

Jis parodė man tyrą gyvenimo vandens upę,
tvaskančią tarsi krištolas,
ištekančią nuo Dievo ir Avinėlio sosto.
Viduryje miesto gatvės,
abejose upės pusėse, augo gyvenimo medis,
duodantis dvylika derlių,
kiekvieną mėnesį vedantis vaisių,
o to medžio lapai –
tautoms gydyti.
Ir nebus daugiau jokio prakeikimo.
Mieste stovės Dievo ir Avinėlio sostas,
ir Jo tarnai tarnaus Jam.
Jie regės Jo veidą,
ir jų kaktose bus Jo vardas.
Ten nebebus nakties,
jiems nereikės nei žiburio,
nei saulės šviesos,
nes Viešpats Dievas jiems švies,
ir jie viešpataus per amžių amžius.

- Apreiškimo 22:1-5 -

Daugelis žmonių turi klausimą: „Sakoma, kad danguje mes galime gyventi laimingai, o kaip atrodo ta vieta?" Jeigu pasiklausysite žmonių, buvusių danguje, liudijimų, sužinosite, kad dauguma iš jų turėjo pereiti pro ilgą tunelį. Taip yra dėl to, kad dangus yra dvasinėje sferoje, kuri labai skiriasi nuo pasaulio, kuriame gyvename.

Žmonės, gyvenantys vien šiame trimačiame pasaulyje, mažai ką žino apie dangų. Galima sužinoti apie ši puikų pasaulį, pranokstantį mūsų trimatę žemę, tiktai tuomet, kai Dievas atskleis tai jums, arba kai atsivers jūsų dvasinės akys. Sužinoję apie šią dvasinę sferą detaliau ne tik pradžiuginsite savo sielą, bet ir sparčiai pakelsite savo tikėjimą ir būsite Dievo mylimi. Taigi, Jėzus pasakojo mums dangaus paslaptis per daugelį palyginimų, o apaštalas Jonas kruopščiai aprašo dangų Apreiškimo knygoje.

Tuomet koks gi yra tas dangus? Kaip žmonės ten gyvens? Trumpai pažvelkime į dangaus karalystę, tviskančią ir gražią kaip krištolas, kurią Dievas paruošė, norėdamas amžinai dalintis savo meile su savo vaikais.

1. Naujasis Dangus ir Naujoji Žemė

Pirmasis dangus ir pirmoji žemė, kuriuos sukūrė Dievas, buvo tviskantys ir gražūs kaip krištolas, tačiau dėl Adomo, pirmojo žmogaus, nepaklusnumo, jie buvo prakeikti. Be to, sparti ir plati industrializacija bei mokslo raida ir technologijos užteršė šią žemę, ir šiandien vis daugiau žmonių pasisako už gamtos saugojimą.

Taigi, kai ateis tam skirtas laikas, Dievas pašalins pirmąjį dangų ir pirmąją žemę ir atskleis naują dangų ir naują žemę. Nepaisant to, kad ši žemė tapo užteršta ir sugadinta, ji vis dar reikalinga įžengsiančių į dangų tikrų Dievo vaikų ugdymui.

Pradžioje Dievas sukūrė žemę, ir tik tuomet žmogų, ir atvedė žmogų į Edeno sodą. Jis suteikė jam maksimalią laisvę ir gausybę, leido jam daryti viską, tik nevalgyti nuo gėrio ir blogio pažinimo medžio. Tačiau žmogus peržengė vienintelę Dievo sąlygą ir dėl to buvo išvarytas iš šios žemės, pirmojo dangaus ir pirmosios žemės.

Kadangi visagalis Dievas žinojo, kad žmogiškoji rasė nueis pražūties keliu, Jis dar prieš laiko pradžią paruošė Jėzų Kristų ir tam tikru laiku siuntė Jį į šią žemę.

Tad kiekvienas, kuris priima Jėzų Kristų, buvusį nukryžiuotą ir prisikėlusį, bus pakeistas, tapdamas nauju kūriniu, ir žengs į naują dangų ir naują žemę bei gyvens amžinai.

Naujojo Dangaus krištolo skaidrumo žydra padangė

Dievo paruošta Naujojo Dangaus padangė yra pripildyta tyro oro, kad dangus iš tiesų būtų aiškus, skaidrus ir švarus, nepanašus į šio pasaulio orą. Įsivaizduokite aiškią, erdvę padangę su švariais baltais debesimis. Kaip tai nuostabu ir miela!

Tad kodėl Dievas naująjį dangų padarys žydrą? Dvasiškai, žydra spalva suteikia gilumo, aukštumo ir tyrumo jausmą. Vanduo yra toks švarus, kad jis atrodo žydras. Kai jūs žvelgiate į mėlyną dangų, jūsų širdis taip pat atsigaivina. Dievas šio pasaulio dangui suteikė žydrą spalvą, nes Jis apvalė jūsų širdį ir davė jums Kūrėjo ieškančią širdį. Jei žiūrėdami į žydrą giedrą dangų galite išpažinti: „Ten tikriausiai yra mano Kūrėjas. Jis viską sukūrė taip nuostabiai!" jūsų širdis bus apvalyta ir jūs būsite priversti gyventi dorai.

O jeigu visas dangus būtų geltonas? Užuot jautęsi patogiai, žmonės jaustųsi nejaukiai ir būtų sumišę, o kai kurie gal net kentėtų dėl protinių problemų. Taigi, žmogiškieji protai dėl skirtingų spalvų gali būti sujaudinti, atgaivinti arba sumišę. Štai kodėl Dievas naujojo dangaus padangę padarė žydrą ir patalpino jame baltus debesis, kad Jo vaikai galėtų gyventi laimingai, o jų širdys būtų tokios tyros ir gražios, kaip krištolas.

Naujojo Dangaus Žemė, padaryta iš tyro aukso ir brangakmenių

Taigi, o kokia bus naujojo dangaus žemė? Naujojo dangaus, kurį Dievas padarė tokį švarų ir skaidrų kaip krištolas, žemėje nėra dirvožemio arba dulkių. Naujoji žemė padaryta tik iš tyro aukso ir brangakmenių. Kaip nuostabu bus danguje, kur keliai padaryti iš tyro aukso ir brangakmenių!

Ši žemė yra padaryta iš dirvožemio, kuris, laikui bėgant, gali keistis. Tai kalba mums apie beprasmingumą ir mirtį. Dievas leido augalams augti, nešti vaisius ir nykti dirvožemyje tam, kad jūs suprastumėte, jog gyvenimas šioje žemėje turi pabaigą.

Dangus yra padarytas iš tyro aukso ir brangakmenių, kurie nesikeičia, nes dangus yra tikras ir amžinas pasaulis. Taip pat kaip ant šios žemės auga augalai, taip ir danguje, jei jie bus sodinami, jie augs. Tačiau jie niekuomet nenyks ar nevys kaip šios žemės augalai.

Be to, net kalvos ir pilys bus padarytos iš tyro aukso ir

brangakmenių. Kokie jie bus nuostabūs ir spindintys! Jums reikia turėti tikrą tikėjimą, kad nepraleistumėte šio dangaus grožio ir laimės, kurių neįmanoma tinkamai išreikšti jokiais žodžiais.

Pirmojo dangaus ir pirmosios žemės išnykimas

Taigi, kas atsitiks pirmajam dangui ir pirmajai žemei, kai atsiskleis naujasis dangus ir nauja žemė?

> *„Paskui mačiau didelį baltą sostą ir jame Sėdintįjį, nuo kurio veido pabėgo žemė ir dangus, ir nebeliko jiems vietos"* (Apreiškimo 20:11).

> *„Ir aš pamačiau naują dangų ir naują žemę, nes pirmasis dangus ir pirmoji žemė praėjo ir jūros daugiau nebebuvo"* (Apreiškimo 21:1).

Kuomet žmonės, kurie buvo ugdomi šioje žemėje, bus teismo nuosprendžiu atskirti geri nuo blogų, pirmasis dangus ir pirmoji žemė praeis. Tai reiškia, kad jie visiškai neišnyks, bet bus perkelti į kitą vietą.

Tad kodėl gi Dievas, užuot pilnai atsikratęs pirmosios žemės ir pirmojo dangaus, perkels juos į kitą vietą? Taip bus dėl to, kad Jo vaikai, gyvendami danguje, ilgėsis pirmosios žemės ir pirmojo dangaus, jeigu Jis juos visiškai išnaikintų. Nors jie ir kenté sunkumus ir sielvartą pirmoje žemėje ir pirmame danguje, jie kartais jų ilgėsis, nes tai kadaise buvo jų namais. Taigi, žinodamas tai, meilės Dievas perkels juos į kitą visatos dalį ir visiškai jų neatsikratys.

Visata, kurioje jūs gyvenate yra begalinis pasaulis, ir yra daugybė kitų visatų. Taigi, Dievas pirmąjį dangų ir pirmąją žemę patalpins į vieną visatų kampą ir leis Savo vaikams juos lankyti, kai jiems to reikės.

Nėra ašarų, nei sielvarto, kančių ar mirties

Naujasis dangus ir naujoji žemė, kur gyvens tikėjimu išgelbėti Dievo vaikai, nebus vėl prakeikti ir bus pripildyti laimės. Apreiškimų 21:3-4 skaitome, kad danguje nėra ašarų, nei sielvarto, kančių ar mirties, nes ten yra Dievas.

> *Ir išgirdau galingą balsą, skambantį iš dangaus: „Štai Dievo buveinė tarp žmonių. Jis apsigyvens pas juos, ir jie bus Jo tauta, ir pats Dievas, jų Dievas, bus su jais. Jis nušluostys kiekvieną ašarą nuo jų akių; nebebus daugiau mirties, nei liūdesio, nei dejonės, nei skausmo daugiau nebebus, nes kas buvo pirmiau – praėjo."*

Kaip būtų liūdna, jei jums tektų kęsti badą ir net jūsų vaikai alkdami prašytų maisto. Kokia būtų nauda iš to, jei kas nors atėjęs sakytų: „Tu toks alkanas, kad net verki" ir nuvalytų jums ašaras, bet nieko jums neduotų? Taigi, kokia gi būtų reali pagalba? Jis turėtų duoti jums ko nors pavalgyti, kad jūs ir jūsų vaikai nemirtumėte iš bado. Tik po to jūs ir jūsų vaikai liautumėtės verkę.

Panašiai ir tas pasakymas, kad Dievas nušluostys kiekvieną ašarą nuo jūsų akių, reiškia, kad, jeigu esate išgelbėti ir einate į dangų, ten nebebus rūpesčių ar nerimo, nes danguje nėra ašarų, liūdesio, mirties, gedulo ar ligų.

Viena vertus, nepaisant to, ar jūs tikite Dievu ar ne, jums šioje žemėje teks kęsti kažkokį sielvartą. Pasaulietiški žmonės labai liūdi, net jeigu išgyvena menkiausią netektį. Kita vertus, tikintieji raudos su meile ir malone tiems, kurie dar turi būti išgelbėti.

Kai pateksite į dangų, jums jau nebereikės nerimauti dėl mirties arba kitų žmonių nuodėmių bei amžinos mirties. Jums nereikės kentėti dėl nuodėmių, taigi, ten negali būti jokio sielvarto.

Šioje žemėje, kuomet esate pripildytas liūdesio, jūs raudate. Tačiau danguje nereikės raudoti, nes ten nebus jokių ligų ir rūpesčių. Ten bus tik amžina laimė.

2. Gyvenimo vandens upė

Danguje gyvenimo vandens upė, skaidri tarsi krištolas, teka per didžiosios gatvės vidurį. Apreiškimų 22:1-2 parodo šią gyvenimo vandens upę ir įsivaizduodami ją jūs turėtumėte būti laimingi.

Jis parodė man tyrą gyvenimo vandens upę, tvaskančią tarsi krištolas, ištekančią nuo Dievo ir Avinėlio sosto. Viduryje miesto gatvės, abejose upės pusėse, augo gyvenimo medis, duodantis dvylika derlių, kiekvieną mėnesį vedantis vaisių, o to medžio lapai – tautoms gydyti.

Kartą aš plaukiau labai skaidrioje Geltonojoje jūroje. Vanduo buvo toks skaidrus, kad aš galėjau matyti jos augmeniją ir žuvis. Buvo taip gražu, kad buvau labai laimingas. Net šiame pasaulyje galite jausti širdies atgaivą ir apsivalymą, kai žvelgiate į švarų vandenį. Kiek laimingesni jūs būsite danguje, kur gyvenimo vandens upė, skaidri tarsi krištolas, teka per didžiosios gatvės vidurį!

Gyvenimo vandens upė

Net šiame pasaulyje, kai žvelgiate į švarią jūrą, vandens raibuliavimas, atspindėdamas saulės šviesą, gražiai šviečia. Gyvenimo vandens upė danguje iš tolo atrodo mėlyna, tačiau, kuomet pažvelgiate į ją iš arčiau, ji yra tokia skaidri, graži, nepriekaištinga ir tyra, kad galite pasakyti „skaidri tarsi krištolas."
Tad kodėl gyvenimo vandens upė išteka nuo Dievo ir Avinėlio sosto? Dvasiškai vanduo simbolizuoja Dievo žodį, kuris yra gyvenimo maistas, ir jūs per Dievo Žodį gaunate amžinąjį gyvenimą. Jono 4:14 Jėzus sako: *„O kas gers vandenį, kurį Aš jam duosiu, tas nebetrokš per amžius, ir vanduo, kurį jam duosiu, taps jame versme vandens, trykštančio į amžinąjį gyvenimą."* Dievo Žodis yra amžinojo gyvenimo vanduo, kuris duoda jums gyvybę, todėl gyvenimo vandens upė išteka nuo Dievo ir Avinėlio sosto.
Koks gi bus gyvenimo vandens upės skonis? Tai yra kažkas tokio saldaus, kad to šioje žemėje neįmanoma išreikšti, ir atsigėrę to vandens jūs tuojau pasijusite energingai. Žmogiškosioms būtybėms Dievas davė Gyvybės vandenį, tačiau Adomui puolus, šios žemės vanduo buvo prakeiktas, kaip ir visa kita. Nuo tada

šioje žemėje žmonės nebegalėjo gerti gyvybės vandens. Jūs jo galėsite paragauti tik patekę į dangų. Šios žemės žmonės geria užterštą vandenį ir vietoje vandens geria įvairius dirbtinius gaiviuosius gėrimus. Panašiai ir šios žemės vanduo negali duoti amžinojo gyvenimo, bet Gyvenimo vanduo danguje, Dievo žodis, duoda amžinąjį gyvenimą. Jis yra saldesnis už medų, už korių syvą, ir suteikia stiprybės jūsų dvasiai.

Upė teka per visą dangų

Gyvenimo upė, ištekanti iš nuo Dievo ir Avinėlio sosto, yra tarsi kraujas, kuris, cirkuliuodamas jūsų kūne palaiko gyvybę. Ji, tekėdama per didžiosios gatvės vidurį ir sugrįždama prie Dievo sosto, teka per visą dangų. Tad kodėl Gyvenimo vandens upė, tekėdama per didžiosios gatvės vidurį, teka per visą dangų?

Visų pirma, ši Gyvenimo vandens upė yra lengviausias kelias ateiti prie Dievo sosto. Todėl norėdami ateiti į Naująją Jeruzalę, kur yra Dievo sostas, jūs tiesiog eisite iš abiejų upės pusių besidriekiančia gryno aukso gatve.

Antra, Dievo žodyje yra kelias į dangų, ir jūs galite įžengti į dangų tik tuomet, kai sekate tuo Dievo žodžio keliu. Kaip Jėzus sako Jono 14:6: *„Aš esu kelias, tiesa ir gyvenimas. Niekas nenueina pas Tėvą kitaip, kaip tik per mane."* Kuomet elgiatės pagal Dievo žodį, jūs galite įžengti į dangų, kur teka Dievo žodis, Gyvenimo vandens upė.

Panašiai ir Dievas sutvarkė dangų taip, kad tiesiog sekdami paskui Gyvenimo upės vandenį, galite patekti į Naująją Jeruzalę, kur yra Dievo sostas.

Aukso ir sidabro smėlis upės pakrantėse

Kaip atrodys Gyvenimo vandens upės pakrantės? Pirmiausia pastebėsite plačias, toli besidriekiančias auksinio ir sidabrinio smėlio pakrantes. Danguje smiltelės yra apvalios, smėlis yra toks švelnus, kad jis neprilips prie drabužių, net jeigu jame išsivoliotumėte.

Ten taip pat yra daug patogių, auksu ir sidabru papuoštų suolelių. Kuomet atsisėdę ant suolelių su savo brangiais draugais turėsite palaimingą bendravimą, jums tarnaus gražūs angelai.

Šioje žemėje jūs žavitės angelais, tačiau danguje angelai vadins jus „šeimininkais" ir, jums panorėjus, tarnaus jums. Jeigu panorėsite vaisių, angelas tuo pat metu atneš juos brangakmeniais arba gėlėmis puoštoje pintinėje ir įteiks tą pintinę jums.

Be to, abejose Gyvenimo vandens upės pakrantėse yra nuostabių įvairiaspalvių gėlių, paukščių, vabzdžių ir gyvūnų. Jie taip pat tarnaus jums kaip šeimininkams, ir jūs galėsite su jais dalintis meile. Koks nuostabus yra tas dangus su savo Gyvenimo vandens upe!

Gyvenimo medis abejose upės pakrantėse

Apreiškimų 22:1-2 detaliai parodo Gyvenimo medį abejose gyvenimo upės pakrantėse.

Jis parodė man tyrą gyvenimo vandens upę, tvaskančią tarsi krištolas, ištekančią nuo Dievo ir Avinėlio sosto. Viduryje miesto gatvės, abejose upės pusėse, augo gyvenimo medis, duodantis dvylika derlių, kiekvieną mėnesį vedantis vaisių, o to medžio lapai – tautoms gydyti.

Tad kodėl Dievas iš abiejų šios Upės pusių patalpino gyvenimo medį, duodantį dvylika derlių?

Pirmiausia, Dievas norėjo, kad visi Jo vaikai įžengę į dangų pajustų dangaus grožį ir gyvenimą. Jis taip pat norėjo jiems priminti, kad, kai jie elgėsi pagal Dievo žodį, jie nešė Šventosios Dvasios vaisius taip pat, kaip jie valgė savo kaktos prakaitu uždirbtą maistą.

Ten turite suvokti vieną dalyką. Nešti dvylika vaisių nereiškia, kad vienas medis neša dvylika vaisių, bet dvylika įvairių rūšių gyvenimo medžių neša kiekvieną vaisių. Biblijoje matome, kad dvylika Izraelio giminių susiformavo iš dvylikos Jokūbo sūnų, o iš šių dvylikos giminių susiformavo Izraelio tauta, ir tautos, priėmusios krikščionybę yra pasklidusios po visą pasaulį. Net Jėzus išsirinko dvylika apaštalų, ir per juos bei jų mokinius evangelija buvo pamokslauta ir pasklido visose tautose.

Todėl dvylika gyvenimo medžio vaisių simbolizuoja tai, kad kiekvienas iš bet kokios tautos, jeigu jis seka tikėjimu, gali nešti Šventosios Dvasios vaisius ir patekti į dangų.

Jeigu valgysite gražius ir spalvingus gyvenimo medžio vaisius, būsite atgaivinti ir jausitės laimingesni. Taip pat, vietoje ką tik nuskinto vaisiaus tuoj pat rasis kitas vaisius, todėl jie niekada nesibaigs. Gyvenimo medžio lapai yra tamsiai žali ir blizgantys. Tokiais jie bus amžinai, nes jie niekada nenukris ir nebus valgomi. Tie žali ir blizgantys lapai yra kur kas didesni už šio pasaulio medžių lapus ir jie auga labai tvarkingu būdu.

3. Dievo ir Avinėlio sostas

Apreiškimų 22:3-5 parodo mums, kad Dievo ir Avinėlio sostas yra išsidėstęs dangaus viduryje.

Ir nebus daugiau jokio prakeikimo. Mieste stovės Dievo ir Avinėlio sostas, ir Jo tarnai tarnaus Jam. Jie regės Jo veidą, ir jų kaktose bus Jo vardas. Ten nebebus nakties, jiems nereikės nei žiburio, nei saulės šviesos, nes Viešpats Dievas jiems švies, ir jie viešpataus per amžių amžius.

Sostas dangaus viduryje

Dangus yra amžina vieta, kur Dievas valdo meile ir teisingumu. Dangaus viduryje, Naujojoje Jeruzalėje, yra Dievo ir Avinėlio sostas. Avinėlis čia reiškia Jėzų Kristų (Išėjimo 12:5; Jono 1:29; 1 Petro 1:19).

Ne kiekvienas gali įeiti ten, kur dažniausiai būna Dievas. Jis yra Naujoje Jeruzalėje dar kitame išmatavime. Dievo sostas toje vietoje yra žymiai gražesnis ir šviesesnis negu tas, kuris yra Naujojoje Jeruzalėje.

Dievo sostas naujojoje Jeruzalėje yra ta vieta, kur ateina pats Dievas, kai Jo vaikai Jį šlovina arba puotauja. Apreiškimo 4:2-3 yra paaiškinta, kad Dievas sėdi ant Savo sosto.

Bematant mane ištiko Dvasios pagava. Ir štai danguje buvo sostas, o soste – Sėdintysis. Jo išvaizda buvo panaši į jaspio ir sardžio brangakmenius, o vaivorykštė, juosianti sostą, buvo panaši į smaragdą.

Aplinkui sostą yra dvidešimt keturi vyresnieji baltais drabužiais, o jų galvas puošia aukso vainikai. Priešais sostą yra septynios Dievo dvasios ir stiklo jūra, skaidri kaip krištolas. Centre ir aplink Sostą yra keturios būtybės bei dangiškoji kareivija ir angelai.

Be to, Dievo sostas yra apgaubtas šviesų. Jis yra toks gražus, nuostabus, didingas, šlovingas ir didelis, kad žmogui to neįmanoma suprasti. Taip pat Dievo sosto dešinėje yra Avinėlio, mūsų Viešpaties, sostas. Aišku, jis skiriasi nuo Dievo sosto, tačiau Dievo trejybė, Tėvas, Sūnus ir Šventoji Dvasia turi tokią pačią širdį, charakteristikas ir jėgą.

Detaliau apie Dievo sostą skaitykite antrojoje knygoje apie Dangų, kuri vadinasi *„Pripildytas Dievo šlovės."*

Nėra nei nakties, nei dienos

Danguje ir visatoje Dievas iš Savo spindinčio šventa ir gražia šlovės šviesa sosto valdo Savo meile ir teisingumu. Sostas yra dangaus viduryje ir šalia Dievo sosto yra Avinėlio sostas, kuris taip pat spindi šlovės šviesa. Todėl danguje nereikia saulės, mėnulio arba kitokios elektrinės šviesos. Danguje nėra nei nakties, nei dienos.

Be to, Hebrajų 12:14 mums skamba paraginimas: *„Siekite santaikos su visais, siekite šventumo, be kurio niekas neregės Viešpaties."* Jėzus pažadėjo Mato 5:8: *„Palaiminti tyraširdžiai, nes jie regės Dievą."*

Todėl visi tikintieji, kurie iš savo širdies pašalina bet kokį blogį ir pilnai paklūsta Dievo žodžiui, gali pamatyti Dievo veidą. Kuo labiau tikintieji bus panašūs į Viešpatį, tuo labiau jie bus palaiminti šiame pasaulyje ir tiek arčiau prie Dievo sosto danguje gyvens.

Kokie žmonės bus laimingi, jei jie galės matyti Dievo veidą, Jam tarnauti ir amžinai su Juo dalintis meile. Tačiau, kaip dėl saulės šviesumo negalite žiūrėti tiesiai į ją, taip tie, kurie neturi panašios širdies kaip Viešpaties, negali matyti Jo iš arti.

Amžina tikroji dangaus laimė

Danguje, ką bedarytumėte, galite jausti tikrą laimę, nes tai yra pati geriausia dovana, kurią iš didžios meilės Dievas yra paruošęs Savo vaikams. Angelai tarnaus Dievo vaikams, kaip yra parašyta Hebrajams 1:14: *„Argi jie visi nėra tarnaujančios dvasios, išsiųstos tarnauti tiems, kurie paveldės išgelbėjimą?"* Kadangi žmonės turi skirtingus tikėjimo lygius, pagal tai, kiek jie atspindėjo Dievą, skirsis jų namų dydis ir jiems tarnaujančių angelų skaičius.

Jiems bus patarnaujama kaip princams ir princesėms, nes angelai skaitys savo šeimininkų, kuriems jie bus paskirti, mintis ir darys viską, ko tik jie panorės. Be to, gyvūnai ir augalai mylės Dievo vaikus ir jiems tarnaus. Danguje gyvūnai besąlygiškai paklus Dievo vaikams ir kartais, kad jiems įtiktų, stengsis padaryti jiems ką nors malonaus, nes neturės savyje blogio.

Kokie bus dangaus augalai? Kiekvienas augalas turi puikų ir unikalų kvapą ir kiekvieną kartą, Dievo vaikams prie jų priartėjus, jie skleis tą kvapą. Gėlės Dievo vaikams skleis patį geriausią kvapą, o tas kvapas sklis toli. Kai tik kvapas išsiskiria, jis tuojau pat ir atsinaujina.

Be to, dvylikos gyvenimo medžio rūšių vaisiai taip pat turi savo savitus skonius. Jeigu pauostysite gėles arba paragausite gyvenimo medžio vaisiaus, tapsite toks atgaivintas ir laimingas, kad to neįmanoma palyginti su niekuo šiame pasaulyje.

Be to, priešingai šios žemės augalams, dangaus gėlės šypsosi Dievo vaikams prie jų priartėjus. Jos taip pat šoks savo šeimininkams, ir žmonės net galės su jomis kalbėtis.

Net jeigu kas nors nuskins gėlę, jai neskaudės ir ji nebus nusiminusi, tačiau Dievo jėga ji bus vėl atkurta. Nuskinta gėlė ištirps ore ir išnyks. Žmonių suvalgyti vaisiai taip pat tirps tapdami nuostabiais kvapais ir išnyks žmogui iškvėpus.

Danguje yra keturi metų laikai, ir žmonės mėgausis jų kaita. Žmonės, mėgaudamiesi kiekvieno metų laiko (pavasario, vasaros, rudens ir žiemos) ypatybėmis, jaus Dievo meilę. Dabar kas nors gali paklausti: „Nejaugi mes net danguje turėsime kęsti vasaros karštį ir žiemos šaltį?" Dangaus oras yra pačios tobuliausios sąlygos Dievo vaikams gyventi, ir jie neturės kęsti karšto ar šalto oro. Nors dangaus kūnai negali jausti karščio ar šalčio net šaltose ar karštose vietose, jie vis dėlto gali jausti vėsų ir šiltą orą. Tad danguje niekas nekentės nuo karšto ar šalto oro.

Rudenį Dievo vaikai galės mėgautis gražiai krentančiais lapais, o žiemą jie galės matyti baltą sniegą. Jie galės mėgautis grožiu, kuris yra gražesnis už bet ką šioje žemėje. Dievas danguje sukūrė keturis metų laikus tam, kad Jo vaikai žinotų, jog viskas, ko tik jie nori savo malonumui, jau jiems yra paruošta. Be to, šis Jo meilės pavyzdys rodo, kad Dievas nori patenkinti savo vaikų norą, o jie ilgėsis šios žemės, kurioje jie buvo ugdomi, kol tapo tikrais Dievo vaikais.

Dangus yra keturių išmatavimų pasaulis, kurio nepalyginsi su šiuo pasauliu. Jis pripildytas Dievo jėgos ir meilės, jame vyksta begaliniai įvykiai ir veikla, kurių žmonės net negali įsivaizduoti. Išsamiau apie amžinus laimingus tikinčiųjų gyvenimus danguje skaitykite 5 skyriuje.

Į dangų gali įžengti tik tie, kurių vardai yra įrašyti į Avinėlio gyvenimo knygą. Kaip parašyta Apreiškimų 21:6-8, tik tie, kurie geria iš gyvenimo vandens šaltinio ir tampa Dievo vaikais, gali paveldėti Dievo karalystę.

> *Ir Jis man pasakė: „Įvyko! Aš esu Alfa ir Omega, Pradžia ir Pabaiga. Trokštančiam Aš duosiu dovanai gerti iš gyvenimo vandens šaltinio. Nugalėtojas paveldės viską, ir Aš būsiu jo Dievas, o jis bus mano sūnus. Bet bailiams, netikintiems, nešvankėliams, žudikams, ištvirkėliams, burtininkams, stabmeldžiams ir visiems melagiams skirta dalis ežere, kuris dega ugnimi ir siera; tai yra antroji mirtis."*

Tai yra pagrindinė žmogaus pareiga – bijoti Dievo ir laikytis Jo įsakymų (Ekleziasto 12:13). Tad jeigu jūs nebijote Dievo ir nesilaikote Jo žodžio, toliau nuodėmiaujate, net jeigu žinote, kad nuodėmiaujate, negalite patekti į dangų. Pikti žmonės, žudikai, svetimautojai, burtininkai ir stabmeldžiai, kurių sveiku protu neįmanoma suprasti, tikrai į dangų nepateks. Jie, sekdami velniu ir šėtonu, ignoravo Dievą, tarnavo demonams ir tikėjo kitais dievais.

Taip pat tie, kurie meluoja Dievui ir Jį apgaudinėja, kalba prieš Šventąją Dvasią ir jai piktžodžiauja, niekuomet neregės dangaus. Kaip aš paaiškinau knygoje Pragaras, tokie žmonės amžinai kentės pragare.

Todėl Viešpaties vardu meldžiu, kad ne tik priimtumėte Jėzų Kristų ir gautumėte teisę kaip Dievo vaikas, tačiau sekdamas Dievo žodžiu taip pat mėgautumėtės amžina laime gražiame, skaidriame kaip krištolas, danguje.

2 skyrius

Edeno sodas ir dangaus Laukimo vieta

1. Edeno sodas, kur gyveno Adomas
2. Žmonės yra ugdomi žemėje
3. Dangaus Laukimo vieta
4. Žmonės, negyvenantys Laukimo vietoje

*Viešpats Dievas
sukūrė sodą Edene rytuose
ir ten apgyvendino žmogų, ,
kurį buvo sutvėręs.
Viešpats Dievas išaugino
iš žemės visokių medžių,
gražių pasižiūrėti ir nešančių
gerus vaisius maistui;
taip pat gyvybės medį sodo viduryje
ir medį pažinimo gero ir blogo.*

- Pradžios 2:8-9 -

Adomas, pirmasis žmogus, kurį Dievas sukūrė, kaip gyva dvasia gyveno Edeno sode ir bendravo su Dievu. Tačiau po ilgo laiko tarpo Adomas padarė nepaklusnumo nuodėmę valgydamas nuo gero ir blogo pažinimo medžio, nuo kurio Dievas uždraudė valgyti. Dėl to mirė jo dvasia, žmogaus šeimininkė. Jis buvo išvarytas iš Edeno sodo ir turėjo gyventi šioje žemėje. Dabar Adomo ir Ievos dvasios mirė ir bendravimas su Dievu nutrūko. Kaip jie, gyvendami šioje prakeiktoje žemėje, tikriausiai ilgėjosi Edeno sodo.

Visažinis Dievas žinojo apie Adomo nepaklusnumą iš anksto ir paruošė Jėzų Kristų bei, laikui atėjus, atvėrė išgelbėjimo duris. Kiekvienas, kuris yra išgelbėjamas tikėjimu, paveldės dangų, kurio neįmanoma palyginti su Edeno sodu.

Po Jėzaus prisikėlimo ir įžengimo į dangų, Jis ten paruošė Laukimo vietą tiems, kas yra išgelbėti ir laukia Teismo dienos, kol Jis ruošia jiems buveines. Tam, kad geriau suprastume dangų, pažvelkime į Edeno sodą ir dangaus Laukimo vietą.

1. Edeno sodas, kur gyveno Adomas

Pradžios 2:8-9 aprašo Edeno sodą. Tai yra ta vieta, kur gyveno pirmieji Dievo sukurti žmonės – Adomas ir Ieva.

Viešpats Dievas sukūrė sodą Edene rytuose ir ten apgyvendino žmogų, kurį buvo sutvėręs. Viešpats Dievas išaugino iš žemės visokių medžių, gražių pasižiūrėti ir nešančių gerus vaisius maistui; taip pat gyvybės medį sodo viduryje ir medį pažinimo gero ir blogo.

Edeno sodas buvo vieta, kur turėjo gyventi gyva dvasia, Adomas, todėl ji turėjo būti kažkur dvasiniame pasaulyje. Tad kur gi šiandien realiai randasi Edeno sodas, pirmojo Adomo namai?

Edeno sodo vieta

Dievas daugelyje Biblijos vietų kalba apie dangus tam, kad jūs suprastumėte, jog už to dangaus, kurį jūs matote savo akimis, yra dvasinio pasaulio erdvės. Jis naudoja žodį „dangūs" tam, kad jūs suprastumėte erdves, priklausančias dvasiniam pasauliui.

Viešpačiui, tavo Dievui, priklauso dangūs ir žemė bei visa, kas joje yra (Pakartoto Įstatymo 10:14).

Jis sukūrė žemę savo jėga, savo išmintimi padėjo pasaulio pamatą ir savo supratimu ištiesė dangus (Jeremijo 10:12).

Girkite Jį, dangų dangūs ir viršum jų esantys vandenys! (Psalmė 148:4)

Todėl jūs turite suvokti, kad „dangūs" reiškia ne tik jūsų akimis matomą dangų. Yra Pirmasis dangus, kuriame randasi saulė, mėnulis ir žvaigždės, yra Antrasis dangus ir Trečiasis dangus, kurie priklauso dvasiniam pasauliui. 2 Korintiečiams 12 skyriuje apaštalas Paulius pasakoja apie Trečiąjį dangų. Visas dangus nuo Rojaus iki Naujosios Jeruzalės yra Trečiame danguje.

Apaštalas Paulius buvo Rojuje, kuris yra skirtas tiems, kurie turėjo mažiausią tikėjimą ir kuris yra labiausiai nutolęs nuo Dievo sosto. Ir čia jis išgirdo apie dangaus paslaptis. Tačiau jis išpažino, kad tai buvo „dalykais, kurių žmonėms neleidžiama sakyti."

Tad kokios gi rūšies dvasinis pasaulis yra Antrasis dangus? Jis skiriasi nuo Trečiojo dangaus ir jam priklauso Edeno sodas. Dauguma žmonių galvoja, kad Edeno sodas yra šioje žemėje. Daug biblijos žinovų ir tyrinėtojų tęsia archeologinius tyrinėjimus ir studijas aplink Mesopotamiją bei Eufrato ir Tigro aukštutinius vandenis Vidurio Rytuose. Tačiau jie vis dar nieko neatrado. Žmonės negali šioje žemėje rasti Edeno sodo, nes jis yra Antrame danguje, kuris priklauso dvasiniam pasauliui.

Antrasis dangus taip pat yra piktųjų dvasių, kurios po Liuciferio sukilimo buvo išvarytos iš Trečiojo dangaus, vieta. Pradžios 3:24: *„Išvaręs žmogų, į rytus nuo Edeno sodo Viešpats pastatė cherubus su švytruojančiu ugniniu kardu saugoti kelią prie gyvybės medžio."* Dievas taip padarė tam, kad neleistų piktosioms dvasioms gauti amžinąjį gyvenimą Edeno sode, kad jos nevalgytų nuo gyvenimo medžio.

Edeno sodo vartai

Taigi, nesupraskite taip, kad Antrasis dangus yra virš Pirmojo dangaus, o Trečiasis dangus yra virš Antrojo dangaus. Jūs negalite suvokti keturių išmatavimų pasaulio ir aukštesnių vietų erdvės, turėdami trimačio pasaulio supratimą ir žinias. Tad kokia yra daugybės dangų struktūra? Atrodo, kad mūsų matomas trijų dimensijų pasaulis yra atskirtas nuo dvasinių dangų, tačiau jie tuo pačiu metu jie persipina ir yra susieti. Egzistuoja vartai, jungiantys trimatį pasaulį ir dvasinį pasaulį.

Nors jų neįmanoma matyti, bet Pirmojo dangaus vartai susijungia su Edeno sodu Antrajame danguje. Taip pat egzistuoja vartai, vedantys į Trečiąjį dangų. Tie vartai nėra labai aukštai, bet maždaug debesų, matomų iš skrendančio lėktuvo, lygyje.

Biblijoje matome, kad yra į dangų vedantys vartai (Pradžios 7:11; 2 Karalių 2:11; Luko 9:28-36; Apaštalų darbų 1:9; 7:56). Taigi, kuomet atsiveria dangaus vartai, galima kilti į kitą dangų dvasiniame pasaulyje, ir išgelbėtieji tikėjimu gali kilti iki Trečio dangaus.

Tas pats ir su Hadu bei pragaru. Šios vietos taip pat priklauso dvasiniam pasauliui, ir yra vartai, vedantys ir į šias vietas. Taigi, kuomet miršta žmonės, neturintys tikėjimo, jie eis į Hadą, kuris priklauso pragarui, arba per tuos vartus eis tiesiai į pragarą.

Dvasinės ir fizinės dimensijos koegzistuoja

Antrajam dangui priskiriamas Edeno sodas yra dvasiniame pasaulyje, tačiau jis skiriasi nuo Trečiojo dangaus dvasinio pasaulio. Tai – neužbaigtas dvasinis pasaulis, nes jis gali koegzistuoti su fiziniu pasauliu.

Kitaip tariant, Edeno sodas – tai vidutinė stadija tarp fizinio ir dvasinio pasaulio. Pirmasis žmogus Adomas buvo gyva dvasia, tačiau jis vis dėlto turėjo fizinį, iš dulkių padarytą kūną. Taigi, Adomas ir Ieva dauginosi tokiu pat būdu, kaip ir mes, ir jų ten padaugėjo (Pradžios 3:16).

Net po to, kai pirmasis žmogus Adomas valgė nuo gero ir blogo pažinimo medžio ir buvo išvarytas iš Edeno sodo, jo Edeno sode likusieji vaikai iki pat šios dienos vis dar ten gyvena kaip gyvos dvasios, nepatiriančios mirties. Edeno sodas yra labai rami vieta, kurioje nėra mirties. Jis yra valdomas Dievo jėgos ir kontroliuojamas Dievo sukurtų taisyklių ir nuostatų. Nors ten nėra skirtumo tarp dienos ir nakties, Adomo palikuonys savaime žino budrumo laiką ir poilsio laiką, ir panašiai.

Be to, Edeno sodas turi labai panašias į šios žemės charakteristikas. Jame gausu augalų, gyvūnų ir vabzdžių. Jo gamta yra begalinė ir graži. Tačiau ten nėra aukštų kalnų, yra tik kalvos. Ant tų kalvų yra panašūs į namus pastatai, tačiau tuose pastatuose žmonės tik ilsisi, ne gyvena.

Adomo ir jo vaikų poilsiavimo vieta

Pirmasis žmogus Adomas labai ilgai gyvendamas Edeno sode buvo vaisingas ir dauginosi. Kadangi Adomas ir jo vaikai buvo gyvos dvasios, jie per Antrojo dangaus vartus galėjo laisvai patekti į šią žemę.

Kadangi Adomas ir jo vaikai ilgą laiką lankėsi žemėje, kuri buvo jų poilsiavimo vieta, turėtumėte suprasti, kad žmonijos istorija yra labai ilga. Kai kurie netikėdami Biblija klaidingai mano, kad žmonijos gyvavimo laikas yra šeši tūkstančiai metų.

Jeigu įdėmiau įsižiūrėsite į paslaptingas senąsias civilizacijas, suprasite, kad Adomas ir jo vaikai lankėsi žemėje. Pavyzdžiui, Piramidės ir Didysis Gizos sfinksas Egipte taip pat yra Adomo ir jo vaikų, gyvenusių Edeno sode, pėdsakai. Tokie visame pasaulyje randami pėdsakai, kurių neįmanoma pamėgdžioti net šiandienos moderniu mokslu ir žiniomis, sukurti žymiai modernesnio ir labiau pažengusio mokslo ir technologijų pagalba.

Pavyzdžiui, Piramidėse glūdi nuostabūs matematiniai skaičiavimai, geometrinės ir astronominės žinios, kurias pasiekti ir suprasti galime tik pažengusių studijų dėka. Juose slypi daug paslapčių, kurias suvokti galima tik tada, kai tiksliai žinai žvaigždynus ir visatos ciklą. Kai kurie žmonės mano, kad visi šie paslaptingi senųjų civilizacijų dalykai yra palikti kažkokių ateivių iš kosmoso, bet, pasitelkdami Bibliją, galime išspręsti visus klausimus, kurių net mokslas negali išaiškinti.

Edeno civilizacijos pėdsakai

Edeno sode Adomas turėjo neįsivaizduojamai didžias žinias ir sugebėjimus. Jis tas tikrąsias žinias turėjo dėl to, kad Dievas jas davė Adomui, o šios žinios ir supratimas laikui bėgant kaupėsi ir vystėsi. Taigi, Adomui, žinančiam viską apie visatą ir valdančiam žemę, buvo visai nesunku pastatyti Piramides ir sfinksą. Kadangi Dievas tiesiogiai perdavė žinias Adomui, pirmasis žmogus žinojo tokius dalykus, kurių jūs vis dar nežinote ar neaprėpiate net šiuolaikinio mokslo pagalba.

Kai kurias piramides, pasitelkęs savo žinias ir sugebėjimus, statė pats Adomas, kitos buvo pastatytos jo vaikų, o dar kitos – gyvenusių žemėje žmonių, kurie po ilgo laiko mėgino pamėgdžioti tas piramides. Visos šios piramidės turi skirtingus technologinius ypatumus. To priežastis yra ta, kad tik Adomas turėjo Dievo jam duotą valdžią pavergti visą kūriniją.

Adomas labai ilgą laiką gyveno Edeno sode ir kartais ateidavo į žemę, tačiau, padaręs nepaklusnumo nuodėmę, jis buvo išvarytas iš Edeno sodo. Tačiau po to įvykio dar ilgai Dievas neuždarė vartų, jungusių Edeno sodą su žeme.

Dėl to Edeno sode gyvenę Adomo vaikai galėjo laisvai vaikščioti į žemę, o kuomet jie čia pradėjo vis dažniau lankytis, pradėjo imti sau žmonių dukteris kaip žmonas (Pradžios 6:1-4).

Tuomet Dievas uždarė vartus, kurie jungė Edeno sodą su žeme. Tačiau kelias tenai nebuvo visiškai nutrauktas, bet buvo pajungtas tokiai griežtai kontrolei, kaip niekada anksčiau. Turite suprasti, kad dauguma paslaptingų ir neišspręstų ankstesniųjų civilizacijų pėdsakų yra palikti Adomo ir jo vaikų, kai jie galėjo laisvai vaikščioti į šią žemę.

Žmonių ir dinozaurų istorija žemėje

Tad kodėl kažkada žemėje gyvenę dinozaurai staiga išnyko? Tai taip pat yra vienas iš labai svarbių įrodymų, kad iš tiesų žmonijos istorija yra labai sena. Ši paslaptis gali būti atskleista tik pasitelkus Bibliją.

Iš tiesų Dievas dinozaurus patalpino Edeno sode. Jie buvo švelnūs, tačiau buvo išvaryti iš Edeno sodo, nes per tą laiką, kuomet Adomas galėjo laisvai vaikščioti iš Edeno sodo į žemę ir atgal, pakliuvo į šėtono spąstus. Taigi, žemėje priversti gyventi dinozaurai turėjo nuolat ieškoti sau maisto. Priešingai Edeno sodui, kuriame visko buvo užtektinai, ši žemė tikriausiai negalėjo užauginti tiek maisto, kad jo užtektų didelius kūnus turėjusiems dinozaurams. Jie valgė vaisius, grūdus ir augalus, o galiausiai pradėjo valgyti gyvūnus. Jie vos nesužlugdė juos supusios aplinkos ir mitybos grandinės. Galiausiai Dievas nusprendė, kad nebeleis dinozaurams ilgiau gyventi žemėje ir sunaikino juos iš dangaus kritusia ugnimi.

Šiandien daug mokslininkų ginčijasi, kad dinozaurai žemėje gyveno ilgai. Jie teigia, kad dinozaurai žemėje gyveno ilgiau, nei šimtą šešiasdešimt milijonų metų. Tačiau joks teiginys deramai nepaaiškina to, kaip staiga tiek daug dinozaurų atsirado ir kaip staiga jie visi išnyko. Be to, jei tokie dideli dinozaurai vystėsi žemėje taip ilgai, kuo gi jie mito, kad palaikytų savo gyvybes?

Pagal evoliucijos teoriją, prieš atsirandant tokiai daugybei rūšių dinozaurų, turėjo būti žymiai daugiau žemesnio lygio gyvų sutvėrimų, tačiau vis tik nėra nei vieno tai patvirtinančio įrodymo. Apskritai, kad kokia nors gyvūnų rūšis ar giminė išnyktų, kažkiek laiko jų skaičius turi vis mažėti, kol galiausiai visai išnyktų. Tačiau dinozaurai išnyko staiga.

Mokslininkai sako, kad tai įvyko dėl staigaus oro pasikeitimo, viruso, kitos žvaigždės sprogimo sukeltos radiacijos arba dėl didelio meteorito susidūrimo su žeme. Tačiau, jei katastrofa buvo pakankamai didelė, kad užmuštų visus dinozaurus, turėjo žūti ir kiti gyvūnai bei augalai. Kiti augalai, gyvūnai ar žinduoliai gyvena iki pat šių laikų, tad realybė visai nepatvirtina evoliucijos teorijos. Net prieš atsirandant dinozaurams, Adomas su Ieva gyveno Edeno sode ir kartais ateidavo į žemę. Turėtumėte žinoti, kad pasaulio istorija yra labai sena.

Daugiau apie tai galite sužinoti iš mano pamokslautų „Paskaitų apie pradžios knygą". Toliau norėčiau papasakoti apie nuostabią Edeno sodo gamtą.

Nuostabi Edeno sodo gamta

Jūs patogiai atsigulate gėlėmis ir šviežiais medžiais nuklotoje lygumoje ir mėgaujatės šviesa, kuri švelniai apgaubia visą jūsų kūną. Jūs žvelgiate aukštyn į žydrą dangų, kur plaukia tyri, balti įvairių formų debesys.

Nuokalnėje nuostabiai raibuliuoja ežeras, o ant jūsų pučia nuostabius, įvairius gėlių kvapus nešantis malonus vėjas. Jūs galite maloniai šnekučiuotis su savo mylimaisiais ir jausti laimę. Kartais galite atsigulti plačioje pievoje arba gėlių vejoje ir, švelniai liesdami gėles, galite pajusti jų malonų aromatą. Galite prigulti medžio, ant kurio auga daug didelių, skanių vaisių, pavėsyje ir valgyti tiek, kiek norite.

Ežeruose ir jūrose yra daugybė įvairiarūšių spalvingų žuvų. Jei norite, galite nueiti į greta esantį paplūdimį ir mėgautis gaivinančiomis bangomis arba saulėtomis balto smėlio pakrantėmis. O jums panorėjus, galite net plaukti kaip žuvis.

Mielos stirnaitės, zuikučiai ar voveraitės, žiūrėdami į jus savo gražiomis, blizgančiomis akytėmis, eina prie jūsų ir daro jums ką nors malonaus. Didelėje lygumoje daugybė gyvūnų taikiai žaidžia drauge.

Tai – Edeno sodas, kuriame yra ramybės ir džiaugsmo pilnatvė. Daugelis šio pasaulio žmonių tikriausiai norėtų atitrūkti nuo savo užimtų gyvenimų ir nors kartą pajausti tokią taiką ir romybę.

Visko pertekęs gyvenimas Edeno sode

Žmonės Edeno sode gali valgyti ir mėgautis tiek, kiek tik nori, net jeigu tam gauti jie nieko nedirba. Ten nėra rūpesčių, nerimo ar susirūpinimų. Sodas kupinas džiaugsmo, malonumų ir ramybės. Kadangi viskas yra valdoma Dievo taisyklių ir nuostatų, žmonės ten gali mėgautis amžinu gyvenimu, nors jie viso to net neuždirbo.

Be to, Edeno sodas, kurio aplinka yra labai panaši į šią žemę, turi labai panašias į šios žemės charakteristikas. Tačiau kadangi niekas ten neužsiteršia ir nesikeičia nuo pat savo sukūrimo dienos, viskas ten išlieka švaru ir gražu, ne taip, kaip šioje žemėje.

Be to, kadangi Edeno sode žmonės dažniausiai nedėvi jokių rūbų, jie nesigėdija ir nesvetimauja, nes jie nėra nuodėmingos prigimties ir savo širdyse neturi blogio. Panašiai kaip naujagimis kūdikis laisvai žaidžia nuogas, visiškai nesirūpindamas ir neturėdamas supratimo, ką kiti apie jį galėtų pagalvoti.

Edeno sodo aplinka yra tinkama žmonėms net jeigu jie nedėvi rūbų, tad jie, būdami nuogi, nesijaučia nejaukiai. Kaip ten gera, nes ten nėra jokių blogų vabzdžių ar dyglių, kurie kenktų jūsų odai!

Kai kurie žmonės dėvi rūbus. Tai yra tam tikrų dydžių grupių vadai. Edeno sode taip pat yra taisyklės ir nuostatai. Kiekviena grupė turi savo vadus ir nariai jam paklūsta bei jį seka. Šie vadai, priešingai kitiems žmonėms, dėvi rūbus. Jie tai daro tam, kad parodytų savo poziciją, ne tam, kad užsidengtų, apsisaugotų ar pasipuoštų.

Pradžios 3:8 aprašo temperatūros kaitą Edeno sode. *„Dienai atvėsus, išgirdę Viešpaties Dievo, vaikščiojančio sode, balsą, Adomas ir jo žmona pasislėpė nuo Viešpaties Dievo veido tarp sodo medžių.“* Suprantate, kad žmonės Edeno sode jaučia „vėsą.“ Tačiau tai nereiškia, kad jie turi prakaituoti karštą dieną arba drebėti šaltą dieną, kaip tai yra šioje žemėje.

Edeno sode visuomet yra pati idealiausia oro temperatūra,

drėgnumas ir vėjas, tad ten, keičiantis orui, žmonės nejaučia diskomforto.

Be to, Edeno sode nėra dienos ir nakties. Ten visuomet šviečia Dievo Tėvo šviesa, ir žmogus jaučiasi taip, lyg visada būtų diena. Žmonės tam tikru laiku ilsisi, dėl oro temperatūros kaitos jie skirsto laiką į aktyvumo laiką ir poilsio laiką.

Tačiau ši oro temperatūros kaita nebus tokia, kad staigiai kiltų aukštyn ar žemyn ir žmonėms staiga būtų šilta arba šalta. Jie jaukiai ilsėsis pučiant švelniam vėjui.

2. Žmonės yra ugdomi žemėje

Edeno sodas yra toks didelis ir erdvus, kad jūs tikriausiai net negalite to įsivaizduoti. Jis kažkur milijoną kartų didesnis už šią žemę. Pirmasis dangus, kur žmonės gali gyventi tik septyniasdešimt ar aštuoniasdešimt metų, atrodo begalinis, besidriekiantis toli per visą saulės sistemą ir galaktikas, esančias už jos ribų. Kiek didesnis už Pirmąjį dangų tuomet bus Edeno sodas, kur žmonių skaičius didės ir jie dauginsis nematydami mirties?

Bet, nepaisant to, koks gražus, apstus ir didelis Edeno sodas bebūtų, jo vis dėlto negalima palyginti su jokia kita dangaus vieta. Net Rojus, kuris yra dangaus Laukimo vieta, yra žymiai gražesnė ir laimingesnė vieta. Amžinasis gyvenimas Edeno sode labai skiriasi nuo dangaus amžinojo gyvenimo.

Taigi per Dievo plano nagrinėjimą ir kelis Adomo iš Edeno sodo išvarymo ir ugdymo žemėje žingsnius jūs pamatysite, kuo Edeno sodas skiriasi nuo dangaus Laukimo vietos.

Edeno sodo gėrio ir blogio pažinimo medis

Pirmasis žmogus Adomas galėjo valgyti viską, ko tik panorėjęs, valdyti visą kūriniją ir amžinai gyventi Edeno sode. Tačiau jeigu skaitysite Pradžios 2:16-17, Dievas liepė žmogui: *„Nuo kiekvieno sodo medžio tau leista valgyti, bet nuo medžio pažinimo gero ir blogo nevalgyk, nes tą dieną, kurią valgysi jo vaisių, tikrai mirsi."* Nepaisant to, kad Dievas Adomui davė neapsakomą valdžią ir jis galėjo pavesti visą kūriniją savo valiai, Jis griežtai uždraudė Adomui valgyti nuo gėrio ir blogo pažinimo medžio. Edeno sode yra daugybė rūšių spalvingų, gražių ir skanių vaisių, kurių net neįmanoma palyginti su žemiškais vaisiais. Dievas visus vaisius pavedė Adomo kontrolei, tad jis galėjo valgyti jų tiek, kiek norėjo.

Tačiau gėrio ir blogio pažinimo medis buvo išimtimi. Tad jūs turite suprasti, kad, nors Dievas žinojo, jog Adomas valgys nuo gėrio ir blogio pažinimo medžio, Jis nepaliko Adomo, kad šis padarytų nuodėmę. Daugelis žmonių neteisingai supranta, kad, atseit, Dievas specialiai patalpino gėrio ir blogio pažinimo medį, kad išmėgintų Adomą. Jei Jis būtų žinojęs, kad Adomas tai padarys, Jis nebūtų jam taip griežtai įsakęs. Taigi, jūs matote, kad Dievas ne specialiai patalpino gėrio ir blogio pažinimo medį, kad leistų žmogui valgyti jo vaisių.

Kaip parašyta Jokūbo 1:13 *„Nė vienas gundomas tenesako: ,Esu Dievo gundomas.' Dievas negali būti gundomas blogiu ir pats nieko negundo,"* pats Dievas nieko nemėgina.

Tad kodėl Dievas sukūrė gėrio ir blogio pažinimo medį Edeno sode?

Jei galite jausti džiaugsmą, linksmybę ar laimę, tai yra dėl to, kad patyrėte priešingus jausmus – liūdesį, skausmą ir neviltį. Panašiai, jei žinote, kad gerumas, tiesa ir šviesa – tai geri dalykai, tai žinote dėl to, kad patyrėte ir suprantate, kad blogis, netiesa ir tamsa yra blogi dalykai.

Jei pažintiniu būdu nepatyrėte šių dalykų, savo širdimi negalite jausti, kaip gera yra meilė, gerumas ir laimė, nors savo galva ir žinote tai, nes apie tai girdėjote.

Pavyzdžiui, ar gali žmogus, niekada nesirgęs ir nematęs kitų sergančių, žinoti ligos skausmus? Šis žmogus net nežinotų, kad būti sveikam yra palyginti gerai. Taip pat ir žmogus, kuris niekada nieko nestokojo ir nepažinojo stokojančių žmonių, kiek žinotų apie skurdą? Toks žmogus, nesvarbu, koks turtingas jis bebūtų, nežinotų, kaip „gera" yra būti turtingu. Panašiai, jei žmogus niekada nematė skurdo, jis negalės būti iš širdies gelmių dėkingas.

Jei kas nors nežino gerų dalykų, kuriuos jis turi, vertės, jis nesupranta laimės, kuria mėgaujasi, vertės. Tačiau, jei kas nors išgyveno ligų, sielvarto ir skurdo skausmus, savo širdyje jis galės būti dėkingas už tą džiaugsmą, kurį duoda sveikata ir turtai. Štai dėl ko Dievas sukūrė gėrio ir blogio pažinimo medį.

Todėl iš Edeno sodo išvaryti Adomas ir Ieva patyrė tą santykiškumą ir suvokė tą meilę ir palaiminimus, kuriuos Dievas jiems buvo davęs. Tik tuomet jie galėjo tapti Dievo vaikais, žinančiais tikro gyvenimo ir džiaugsmo vertę.

Tačiau Dievas ne specialiai vedė Adomą tuo keliu. Adomas savo laisva valia pasirinko nepaklusti Dievo paliepimui. Dievas iš savo malonės ir teisingumo suplanavo ugdyti žmones.

Dievo žmonių ugdymo planas

Kai žmonės buvo išvaryti iš Edeno sodo ir pradėjo gyventi žemėje, jie turėjo patirti įvairius kentėjimus: ašaras, liūdesį, skausmą, ligas ir mirtį. Bet tai padėjo jiems jausti amžino gyvenimo danguje laimę ir būti labai dėkingiems.

Taigi, tai, kad Jis, ugdydamas žmoniją, padarė mus savo tikrais vaikais, yra tik vienas nuostabios Dievo meilės ir plano pavyzdžių. Tėvai nemano, kad mokinti ir kartais bausti savo vaikus yra laiko švaistymas, jei tai gali parodyti jiems skirtumą ir padaryti juos sėkmingais. Be to, jei vaikai tiki ta šlove, kurią jie ateityje turės, jie bus kantrūs ir nugalės visas sudėtingas situacijas bei kliūtis.

Panašiai ir tada, kai jūs galvosite apie tikrą džiaugsmą, kurį turėsite danguje, jūsų ugdymo žemėje laikas nebus jums sunkus ir skausmingas. Vietoje to, jūs būsite dėkingi už tai, kad galite gyventi pagal Dievo žodį, nes jūs vilsitės tos šlovės, kurią vėliau gausite.

Taigi, kas Dievui bus brangesni, ar tie, kurie, iškentę daug sunkumų šioje žemėje, yra iš tiesų Dievui dėkingi, ar tie, kurie, gyvendami Edeno sode, iš tiesų nevertino, ką turėjo, nors gyveno tokioje gražioje ir gausioje aplinkoje?

Dievas ugdė Adomą, kuris buvo išvarytas iš Edeno sodo ir ugdo jo palikuonis žemėje, kad jie taptų tikrais Jo vaikais. Kuomet šis ugdymas pasibaigs ir danguje bus paruošti namai, sugrįš Viešpats. Jei gyvensite danguje, jūs turėsite amžiną džiaugsmą, nes net žemiausias dangaus lygis negali būti prilygintas Edeno sodo grožiui.

Taigi, turėtumėte suprasti Dievo žmonijos ugdymo planą ir iš visų jėgų stengtis būti tikru Jo vaiku, kuris elgtųsi pagal Jo Žodį.

3. Dangaus Laukimo vieta

Nepaklususio Dievui Adomo palikuonys yra pasmerkti kažkada mirti, o po to turės stoti prieš Didįjį Teismą (Žydams 9:27). Tačiau žmonių dvasios yra nemirtingos, tad jos turės eiti arba į pragarą, arba į dangų.

Tačiau jos neina tiesiai į dangų arba į pragarą, bet laukia dangaus arba pragaro Laukimo vietoje. Tuomet kokia gi yra Dangaus Laukimo vieta, kurioje gyvena Dievo vaikai?

Gyvenimo pabaigoje žmogaus dvasia palieka jo kūną

Kuomet žmogus miršta, jo dvasia palieka jo kūną Po mirties, tie, kurie to nežino, bus labai nustebinti, pamatę save, lygiai tokį patį, gulintį. Net jei tas žmogus bus tikintysis, kaip keistai jis jausis, kai jo dvasia paliks jo kūną.

Jei eisite į keturių išmatavimų pasaulį iš trimačio pasaulio, kuriame dabar gyvenate, ten viskas yra visai kitaip. Kūną gaubia lengvumo jausmas, ir atrodo, tartum skristum. Tačiau negalite turėti neribotos laisvės net po to, kai jūsų dvasia palieka jūsų kūną.

Panašiai kaip maži paukščiukai tik gimę negali tuojau skraidyti, nors jie gimsta su sparnais, jums reikia laiko, kad adaptuotumėtės dvasiniame pasaulyje ir išmoktumėte pagrindinių dalykų.

Taigi, tuos, kurie miršta turėdami tikėjimą Jėzumi Kristumi, du angelai palydi į viršutinius kapus. Ten jie iš angelų arba pranašų sužino apie gyvenimą danguje.

Jei skaitote Bibliją, suprantate, kad yra dviejų rūšių kapai. Protėviai, pavyzdžiui Jokūbas ir Jobas, sakė, kad po mirties jie eis į kapus (Pradžios 37:35; Jokūbo 7:9). Korachas ir jo grupė, kurie priešinosi Dievo tarnui Mozei, gyvi nugrimzdo į mirusiųjų buveinę (Skaičių 16:33).

Luko 16 skyriuje parodyti turtingas žmogus ir elgeta, vardu Lozorius, po jų mirties einantys į kapus, ir jūs matote, kad tai nėra tie patys „kapai." Turtuolis kankinasi ugnyje, kuomet Lozorius toli nuo jo ilsisi Abraomo prieglobstyje.

Yra išgelbėtųjų kapai ir yra kapai tiems, kurie nėra išgelbėti. Įtakingas Korahas ir jo pasekėjai bei turtuolis - visi atsidūrė Hade, kuris kitaip vadinamas „žemutiniais kapais," priklausančiais pragarui, tačiau Lozoriaus kapais buvo viršutiniai kapai, priklausantys dangui.

Trys dienos viršutiniuose kapuose

Senojo Testamento laikais išgelbėtieji laukė viršutiniuose kapuose. Kadangi tikėjimo protėvis Abraomas yra atsakingas už viršutinius kapus, elgeta Lozorius Luko 16 skyriuje yra Abraomo prieglobstyje. Tačiau po Viešpaties prisikėlimo ir paėmimo į dangų išgelbėtieji daugiau nepatenka į viršutinius kapus į Abraomo prieglobstį. Jie tris dienas praleidžia viršutiniuose kapuose, o po to nuvyksta į tam tikrą vietą Rojuje. Tai reiškia, kad jie bus su Viešpačiu dangaus Laukimo vietoje.

Jėzus pasakė Jono 14:2: „*Mano Tėvo namuose daug buveinių. Jeigu taip nebūtų, būčiau jums pasakęs. Einu jums vietos paruošti.*" Po savo prisikėlimo ir paėmimo į dangų mūsų Viešpats ruošė vietą kiekvienam tikinčiajam. Taigi, kadangi Viešpats pradėjo ruošti vietas Dievo vaikams, išgelbėtieji laukė dangaus Laukimo vietoje, kažkur Rojuje.

Kai kuriems kyla klausimas, kiek išgelbėtų nuo pasaulio sukūrimo žmonių gali tilpti Rojuje, tačiau dėl to nėra reikalo nerimauti. Pati saulės sistema, kuriai priklauso mūsų žemė, tai tik taškelis, palyginus su galaktika. Na o kokio dydžio yra galaktika? Palyginus su visata, galaktika yra tik taškelis. O kokio dydžio yra visata?

Visatų yra daug, tad visos erdvės dydį yra neįmanoma suprasti. Jeigu šis fizinis pasaulis yra toks platus, kiek platesnis turi būti dvasinis?

Dangaus Laukimo vieta

Kokia gi tuomet vieta yra dangaus Laukimo vieta, kur gyvena išgelbėtieji po trijų pripratimo dienų viršutiniuose kapuose?

Kai žmonės mato gražų kraštovaizdį, jie sako: „Tai yra Rojus žemėje!" arba „Kaip Edeno sode!" Tačiau Edeno sodo nepalyginti su jokiu grožiu šiame pasaulyje. Žmonės Edeno sode gyvena nuostabiai kaip sapne – ten vien laimė, taika ir džiaugsmas. Tačiau taip atrodo tik šioje žemėje gyvenantiems žmonėms. Kai pateksite į dangų, jums tokia mintis daugiau nebekils.

Kaip žemė neprilygsta Edeno sodui, taip Edeno sodas neprilygsta dangui. Tarp laimės Edeno sode, priklausančiame Antrajam Dangui, ir laimės Laukimo vietoje Rojuje, kuris priklauso Trečiajam Dangui, yra fundamentalus skirtumas. Taip yra dėl to, kad žmonės Edeno sode nėra tikri Dievo vaikai, kurių širdys buvo ugdomos.

Leiskite pateikti vieną pavyzdį, kad geriau tai suprastumėte.

Prieš elektros atsiradimą mūsų protėviai Korėjoje naudojosi žibalo lempomis. Tos lempos, palyginus su šiandienos elektros šviesa, buvo tamsios, tačiau tais laikais, kai naktį jie neturėjo šviesos, jie labai vertino tas lempas. Kai žmonės išrado ir pradėjo naudoti elektrą, atsirado ir elektros šviesa. Žmonėms, kurie buvo pripratę prie žibalo lempų, elektros šviesa buvo tokia nuostabi, jos ryškumas juos tiesiog stulbino.

Tarkime, jeigu ši žemė būtų visiškoje tamsoje, be jokios šviesos, tuomet galima sakyti, kad Edeno sodas yra kaip vieta su žibalo lempomis, o dangus – su elektros šviesomis. Nors abiem atvejais – žibalo šveistuvų ir elektros šviesos – tai yra šviesa, dangaus Laukimo vieta visiškai skiriasi nuo Edeno sodo.

Dangaus Laukimo vieta yra Rojaus pakraštyje

Dangaus Laukimo vieta yra Rojaus pakraštyje. Rojus yra skirtas tiems, kurie turi mažiausią tikėjimą, tai tolimiausia nuo Dievo sosto vieta. Tai labai plati vietovė.

Laukiantys Rojaus pakraštyje išmoksta dvasinių žinių iš pranašų. Jie sužino apie Dievo trigubumą, dangų, dvasinio pasaulio taisykles, ir t.t. Tokioms žinioms nėra ribų, tad ir mokymuisi. Tačiau mokytis dvasinių dalykų niekada nenuobodu ir nesunku, ne taip, kaip šios žemės studijų metu. Kuo daugiau mokaisi, tuo daugiau tai tave stebina ir kelia susižavėjimą, tad tokie mokslai yra malonesni.

Net ir šioje žemėje žmonės su tyra ir nuolankia širdimi gali bendrauti su Dievu ir gauti dvasinių žinių. Kai kurie jų mato dvasinį pasaulį, nes jų dvasinės akys yra atviros. Be to, kai kurie gali perprasti dvasinius dalykus per Šventosios Dvasios įkvėpimą.

Jie gali išmokti tikėjimo ar atsakymų į maldas taisykles, kad net ir šiame fiziniame pasaulyje jie gali patirti Dievo jėgą, priklausančią dvasiai.

Jeigu galite sužinoti apie šiuos dalykus ir patirti juos fiziniame pasaulyje, ten jus tai dar labiau pradžiugins. O koks tai bus džiaugsmas, kai mokysitės dvasinių dalykų dangaus Laukimo vietoje!

Naujienos iš šio pasaulio

Kaip žmonės gyvena dangaus Laukimo vietoje? Jie gyvena tikroje taikoje ir laukia amžinų namų danguje. Jiems nieko netrūksta, jie mėgaujasi laime ir džiaugsmu. Jie negaišta laiko, o toliau mokosi daugelio dalykų iš angelų ir pranašų.

Jie turi savo paskirtus vadus ir nustatytą gyvenimo tvarką. Jiems nėra leidžiama keliauti į žemę, tad jiems visuomet labai smalsu sužinoti, kas ten vyksta. Jie nesidomi pasaulietiškais dalykais, bet tais, kurie yra susiję su Dievo karalyste, pavyzdžiui, kaip sekasi bažnyčiai, kurioje jie tarnavo. Kiek savo turimų pareigų bažnyčia įvykdė? Kaip vyksta pasaulinė misija?

Taigi jiems labai patinka sužinoti naujienas apie šį pasaulį per angelus, kuriems leidžiama nusileisti į žemę, arba per pranašus Naujoje Jeruzalėje.

Kartą Dievas apreiškė man, kad kai kurie mano bažnyčios nariai šiuo metu yra Laukimo vietoje danguje. Jie meldžiasi įvairiose vietose ir laukia žinių apie mano bažnyčią. Jie ypatingai domisi pareigomis, skirtomis mano bažnyčiai, t.y. pasauline misija ir Didžiosios šventyklos statyba. Jiems labai malonu girdėti geras naujienas. Taigi kuomet jie sužino naujienas apie

Dievo šlovinimą per mūsų užsienio evangelizacijas, jie džiaugiasi ir surengia festivalį.

Be to, žmonės Laukimo vietoje danguje smagiai ir laimingai leidžia laiką, kai išgirsta naujienas iš žemės.

Griežta tvarka dangaus Laukimo vietoje

Įvairių tikėjimo lygių žmonės, kurie pateks į skirtingas dangaus vietas po Teismo dienos, yra dangaus Laukimo vietoje, tačiau tvarka yra vykdoma griežtai. Žmonės su mažesniu tikėjimu rodys savo pagarbą nusilenkdami prieš tuos, kas turi didesnį. Dvasinės tvarkos priklauso ne nuo padėties šiame pasaulyje, bet nuo pašventinimo ir ištikimybės Dievo duotose pareigose lygio.

Dėl to tvarkos yra įgyvendinamos griežtai, nes danguje viešpatauja teisumo Dievas. Kadangi tos tvarkos nustatomos pagal kiekvieno tikinčiojo šviesos ryškumą, gerumo lygį, meilės kiekį, niekas negalės skųstis. Danguje visi paklūsta dvasiniai tvarkai, nes išgelbėtų žmonių prote nėra blogio.

Tačiau ši tvarka ir skirtingi šlovės tipai neskirti priverstiniam paklusnumui. Tai yra daroma tik iš meilės ir pagarbos iš tikros atviros širdies. Taigi dangaus Laukimo vietoje žmonės iš širdies gerbia visus juos pralenkusius, rodo savo pagarbą nulenkdami prieš juos galvą, nes jie natūraliai jaučia dvasinį skirtumą.

4. Žmonės, nepasiliekantys Laukimo vietoje

Visi žmonės, kurie pateks į atitinkamas dangaus vietas po Teismo dienos, dabar yra dangaus Laukimo vietoje Rojaus pakraštyje. Tačiau yra išimčių. Įžengiantieji į Naująją Jeruzalę, gražiausią Dangaus vietą, pateks tiesiai į Naująją Jeruzalę ir padės Dievui jo darbuose. Tokie žmonės, kurie turi Dievo širdį, tviskančią ir gražią kaip krištolas, gyvena apgaubti ypatingos Dievo meilės ir rūpesčio.

Jie padės Dievui jo darbuose Naujoje Jeruzalėje

O kur dabar yra mūsų tikėjimo protėviai, pašventinti ir ištikimi visuose Dievo namuose, pavyzdžiui, Elijas, Henochas, Abraomas, Mozė ir apaštalas Paulius? Ar jie pasilieka Rojaus pakraštyje, dangaus Laukimo vietoje? Ne. Kadangi šie žmonės yra visiškai pašventinti ir pilnai atspindi Dievo širdį, jie jau gyvena Naujoje Jeruzalėje. Tačiau kadangi Teismas dar neįvyko, jie negali patekti į savo atitinkamus amžinuosius namus.

Tuomet kur Naujoje Jeruzalėje jie yra? Naujoje Jeruzalėje, kurios ilgis, plotis ir aukštis yra po du tūkstančius keturis šimtų metrų, yra įvairių dydžių dvasinės erdvės. Yra vieta Dievo sostui, kai kurios vietos, kur yra statomi namai, ir kitos vietos, kuriose kartu su Viešpačiu darbuojasi mūsų tikėjimo protėviai, jau patekę į Naująją Jeruzalę.

Mūsų tikėjimo protėviai, jau atkeliavę į Naująją Jeruzalę, kantriai laukia tos dienos, kai jie galės įžengti į savo amžinas vietas, o dabar padeda Dievui jo darbuose, kartu su Viešpačiu ruošia mums vietas. Jie labai nori patekti į savo amžinus namus, nes jie gali ten įžengti tik po to, kai įvyks Antrasis Jėzaus Kristaus atėjimas, Septynių metų vestuvių banketas, ir Mileniumas šioje žemėje.

Apaštalas Paulius, kupinas Dangaus vilties, pripažino 2

Timotiejui 4:7-8:

> *"Aš kovojau gerą kovą, baigiau bėgimą, išlaikiau tikėjimą. Nuo šiol manęs laukia teisumo vainikas, kurį aną dieną man duos Viešpats, teisingasis Teisėjas, – ir ne tik man, bet ir visiems, kurie pamilo Jo pasirodymą."*

Tie, kas kovojo gerą kovą, vylėsi Viešpaties sugrįžimo, gali užtikrintai tikėtis vietos ir apdovanojimų danguje. Šis tikėjimas ir viltis gali padidėti, kai daugiau sužinosite apie dvasinę sferą, o būtent dėl to aš taip kruopščiai nagrinėju dangų.

Edeno sodas, priklausantis Antrajam Dangui, ir Laukimo vieta, kuri priklauso Trečiajam Dangui, yra žymiai gražesni už šį pasaulį, tačiau netgi šių vietų nepalyginsi su Naujosios Jeruzalės, kur yra Dievo sostas, šlovė ir didybė.

Todėl aš Viešpaties vardu meldžiu, kad jūs ne tik su apaštalo Pauliaus tikėjimu ir viltimi bėgtumėte Naujosios Jeruzalės link, bet dar atvestumėte daug sielų į išgelbėjimo kelią, platindami evangeliją, net jeigu tai pareikalautų jūsų gyvybės.

3 skyrius

Septynių metų vestuvių banketas

1. Viešpaties grįžimas ir Septynių metų vestuvių banketas
2. Mileniumas
3. Dangus dovanojamas po Teismo dienos

*Palaimintas ir šventas,
kas turi dalį pirmajame prisikėlime.
Šitiems antroji mirtis neturi galios;
jie bus Dievo ir Kristaus kunigai
ir valdys su Juo tūkstantį metų.*

- Apreiškimo 20:6 -

Prieš gaudami savo apdovanojimus ir amžinąjį gyvenimą danguje turite praeiti Baltojo sosto teismą. Prieš didžiojo teismo dieną įvyks Antrasis Viešpaties atėjimas ore, Septynių metų vestuvių banketas, Viešpaties atėjimas į žemę ir Mileniumas.

Visa tai Dievas paruošė savo mylimų vaikų, išsaugojusių žemėje tikėjimą, paguodai, kad jie galėtų iš anksto pajusti, kas yra dangus.

Taigi tie, kas tiki Antruoju Viešpaties atėjimu ir viliasi Jį sutikti, o Jis yra mūsų jaunikis, kantriai lauks Septynių metų vestuvių banketo ir Mileniumo. Biblijoje parašytas Dievo žodis yra tiesa ir visos pranašystės pildosi šiandien.

Turite būti išmintingu tikinčiuoju ir iš visų jėgų pasiruošti bei būti Jo nuotaka, nes, jei nepabusite ir negyvensite pagal Dievo žodį, Viešpaties diena ateis kaip vagis ir jūs pateksite į mirtį.

Detaliai panagrinėkime tuos nuostabius dalykus, kuriuos patirs Dievo vaikai prieš įžengdami į dangų, tviskantį ir gražų kaip krištolas.

1. Viešpaties grįžimas ir Septynių metų vestuvių banketas

Apaštalas Paulius rašo Romiečiams 10:9: *„Jeigu lūpomis išpažinsi Viešpatį Jėzų ir širdimi tikėsi, kad Dievas Jį prikėlė iš numirusių, būsi išgelbėtas."* Būsite išgelbėti ne tada, kai pripažinsite Jėzų savo Išgelbėtoju, bet taip pat tikėdami savo širdimi, kad Jis mirė ir prisikėlė.

Jeigu netikite Jėzaus prisikėlimu, tuomet negalėsite tikėti savo pačių prisikėlimu per Antrąjį Viešpaties Atėjimą. Negalėsite tikėti net pačiu Viešpaties sugrįžimu. Jeigu negalėsite tikėti dangaus ir pragaro egzistavimu, tuomet neturėsite jėgų gyventi pagal Dievo žodį ir negausite išgelbėjimo.

Galutinis krikščioniško gyvenimo tikslas

1 Korintiečiams 15:19: „*Ir jei vien tik šiame gyvenime mes viliamės Kristumi, tai mes esame labiausiai apgailėtini iš visų žmonių.*" Dievo vaikai, priešingai netikintiesiems pasauliečiams, ateina į bažnyčią, lanko tarnavimus ir tarnauja Viešpačiui daugeliu būdų kas sekmadienį. Norėdami gyventi pagal Dievo žodį, jie dažnai pasninkauja ir uoliai meldžiasi prie Dievo altoriaus anksti ryte ar vėlai vakare, nors kartais ir jiems reikia poilsio.

Be to, jie neieško sau naudos, o tarnauja kitiems ir aukojasi dėl Dievo karalystės. Štai kodėl, net jeigu ir neegzistuotų dangus, labiausiai reikėtų užjausti ištikimuosius. Tačiau Viešpats tikrai sugrįš ir paims jus į dangų, be to, Jis paruošė jums gražią vietą. Jis atlygins jums pagal tai, ką žemėje pasėjote.

Jėzus sako Mato 16:27: „*Nes Žmogaus Sūnus ateis savo Tėvo šlovėje su savo angelais, ir tuomet Jis atlygins kiekvienam pagal jo darbus.*" Ši frazė „atlygins kiekvienam pagal jo darbus" nereiškia to, kad dėl to jūs tiesiog eisite į dangų ar pragarą. Net ir tikinčiųjų, kurie pateks į dangų, atlygiai ar šlovė skirsis pagal jų gyvenimą pasaulyje.

Kai kurie nenori klausytis apie tai, kad Viešpats greitai sugrįš, bei bijo to. Tačiau jeigu tikrai mylite Viešpatį ir viliatės patekti į dangų, jums yra natūralu laukti greitesnio Viešpaties atėjimo. Jeigu savo lūpomis išpažįstate: „Viešpatie, aš myliu Tave," bet jums nepatinka klausytis apie greitą Viešpaties atėjimą ir jūs bijote tos dienos, tuomet jūs tikrai nemylite Viešpaties.

Taigi, turite su džiaugsmu priimti Viešpatį, savo jaunikį, ir kantriai širdyje laukti Jo Antrojo Atėjimo, pasiruošę kaip nuotaka.

Antrasis Viešpaties Atėjimas ore

1 Tesalonikiečiams 4:16 parašyta: „Nes pats Viešpats nužengs iš dangaus, nuskambėjus paliepimui, *arkangelo balsui ir Dievo trimitui, ir mirusieji Kristuje prisikels pirmiausia, paskui mes, gyvieji, išlikusieji, kartu su jais būsime pagauti į debesis susitikti su Viešpačiu ore ir taip visuomet pasiliksime su Viešpačiu.*"

Kai Viešpats sugrįš ore, kiekvieno Dievo vaiko kūnas pasikeis į dvasinį kūną, tuomet busime pagauti į orą susitikti su Viešpačiu. Yra žmonių, kurie buvo išgelbėti ir mirė. Jų kūnas palaidotas, o dvasia laukia Rojuje. Tokius žmones vadiname „užmigusiais Viešpatyje." Jų dvasios susijungs su dvasiniu kūnu, kuris transformuosis iš jų seno palaidoto kūno. Paskui ateis tie, kas pasitiks Viešpatį nematydami mirties, jų kūnai pasidarys dvasiniais ir jie bus pagauti į orą.

Dievas rengia vestuvių banketą ore

Kai Viešpats sugrįš ore, visi išgelbėtieji nuo pat sukūrimo laikų priims Jį kaip savo sužadėtinį. Tuomet Dievas surengs

Septynių metų vestuvių banketą savo vaikų, išgelbėtų tikėjimu, malonumui. Žinoma, danguje už savo nuopelnus jie gaus atlygius vėliau, bet tuo metu Dievas surengs banketą ore, kad visiems Jo vaikams būtų gera.

Pavyzdžiui, jeigu generolas sugrįžta su dideliu triumfu, ką padarys karalius? Jis įteiks generolui daugybę apdovanojimų už išskirtinę tarnybą. Karalius gali padovanoti jam namą, žemės, finansinį atlygį bei vakarėlį, ir taip atsilygins už jo tarnybą.

Kita vertus, Dievas duoda savo vaikams gyvenimo vietą ir atlygius danguje po Didžiojo teismo, bet prieš tai Jis surengia vestuvių banketą, kad Jo vaikai gerai praleistų laiką ir pasidalintų savo džiaugsmu. Nors visų nuopelnai Dievo karalystės atžvilgiu yra skirtingi, Jis surengia banketą vien dėl to, kad jie yra išgelbėti.

O kur gi yra „oras," kuriame bus Septynių metų vestuvių banketas? „Oras" čia nereiškia jūsų akimis matomo dangaus. Jeigu tai būtų tiesiog regimas dangus, visi išgelbėtieji tiesiog skraidytų ore šio banketo metu. Be to, bus tiek daug žmonių išgelbėtų nuo sukūrimo laikų, kad visi jie nesutilptų nei danguje, nei žemėje.

Be to. banketas turi būti iš anksto suplanuotas ir kruopščiai paruoštas, nes pats Dievas jį rengia savo vaikų malonumui. Yra vieta, kurią jau ilgą laiką buvo paruošęs Dievas. Tai „oras," kurį Dievas paruošė Septynių metų vestuvių banketui, ir ta vieta yra Antrajame Danguje.

„Oras" priklauso Antrajai karalystei

Efeziečiams 2:2 yra minimas laikas, kai „*kadaise gyvenote pagal šio pasaulio būdą, paklusdami kunigaikščiui, viešpataujančiam ore, dvasiai, kuri dabar veikia neklusnumo vaikuose."* Taigi, „oras," tai vieta, kur viešpatauja ir piktosios dvasios.

Tačiau Septynių metų vestuvių banketas ir piktųjų dvasių buveinės yra skirtingos vietos. O tas pats žodis „oras" yra naudojamas, nes abi vietos priklauso Antrajam Dangui. Tačiau Antrasis Dangus – tai ne pavienė erdvė, o vieta, paskirstyta į įvairias sferas. Tad Septynių metų vestuvių banketo vieta ir piktųjų dvasių buveinės yra atskirtos.

Dievas sukūrė naują dvasinę sferą, vadinama Antruoju Dangumi, paėmęs visos dvasinės sferos dalį. Tuomet Jis padalino tai į dvi dalis. Viena – tai Edenas, Dievui priklausančios šviesos sfera, o kita – tai tamsos sfera, kurią Dievas paskyrė piktosioms dvasioms.

Dievas sukūrė Edeno sodą, kur Adoms turėjo gyventi iki žmonijos ugdymo laikotarpio, Edeno rytuose. Dievas paėmė Adomą ir apgyvendino jį Sode. O kitą tamsos sferą Dievas atidavė piktosioms dvasioms, ir leido joms gyventi ten. Šios tamsos ir Edeno sferos yra griežtai atskirtos.

Vieta Septynių metų vestuvių banketui

O kur gi vyks Septynių metų vestuvių banketas? Edeno sodas – tai tik viena iš Edeno dalių, o Edene yra ir daugiau vietų. O vienoje iš erdvių Dievas paruošė vietą Septynių metų vestuvių puotai.

Vieta Septynių metų vestuvių banketui yra gražesnė už Edeno sodą. Ten yra tokios gražios gėlės ir medžiai. Ryškiai spindi daugelio spalvų šviesos, o pačią vietą supa graži ir švari gamta.

Be to, ji yra labai plati, nes bankete kartu bus visi žmonės išgelbėti nuo sukūrimo laikų. Čia bus didelė pilis, pakankamai erdvi, kad visi pakviestieji sutilptų. Banketas bus rengiamas pilyje, tos akimirkos bus neįsivaizduojamai laimingos. Dabar norėčiau pakviesti jus į pilį, skirtą Septynių metų vestuvių banketui. Tikiuosi, kad jums pavyks pajusti Viešpaties nuotakos laimės būseną, juk ji yra garbingas banketo svečias.

Susitikimas su Viešpačiu šviesioje ir gražioje vietoje

Kai atvyksite į banketų salę, atsidursite spindinčioje vietoje, kupinoje ryškių šviesų, kurios dar nesate matę. Pajusite, kad jūsų kūnas yra lengvesnis už pūkus. Kai švelniai nusileisite ant žalios žolės, aplinka, kuri pirma nebus matoma dėl labai ryškių šviesų, atsivers prieš jūsų akis. Akinančiu blizgesiu jus nustebins dangus ir tyriausias ežeras. Šis ežeras spindi kaip brangakmeniai, švytintys gražiomis spalvomis, kai vanduo raibuliuoja.

Iš visų keturių pusių – daug gėlių ir žalių girių. Gėlės linguoja lyg mojuodamos jums, jaučiasi aiškus, gražus ir malonus aromatas, kurio dar anksčiau nejautėte. Staiga atskrenda spalvoti paukščiai ir sveikina jus savo giesmėmis. Tyrame ir visiškai permatome ežere galima stebėti, kaip stebuklingai gražios žuvys iškiša savo galvas ir sveikina jus.

Netgi žolė, ant kurios stovite, yra minkšta kaip medvilnė. Jus gaubia švelniai plevenantis jūsų rūbus vėjas. Tą akimirka stipri šviesa pasiekia jūsų akis ir pastebite vieną asmenį, stovintį šioje šviesoje.

Viešpats apkabina jus, sakydamas: „Mano nuotaka, Aš myliu tave"

Plačiai išskleistomis rankomis, švelniai šypsodamasis Jis kviečia jus ateiti prie Jo. Kai artėsite prie Jo, Jo veidas vis aiškės ir taps aiškiai matomas. Jo veidą jūs pamatysite pirmą kartą, bet žinosite, kas Jis. Tai – Viešpats Jėzus, jūsų jaunikis, kurį jūs visą tą laiką mylėjote ir troškote pamatyti. Tuo momentu jūsų skruostais ims riedėti ašaros. Jūs negalėsite nustoti verkęs, nes prisiminsite visus savo ugdymo šioje žemėje metus.

Dabar jūs veidas į veidą matote Viešpatį, per kurį žemėje galėjote įveikti net pačias sudėtingiausias situacijas, kuomet susidurdavote su daugybe persekiojimų ir išmėginimų. Viešpats prieina prie jūsų, prispaudžia jus prie Savo krūtinės ir sako: „Mano nuotaka, aš taip laukiau šios dienos. Aš myliu tave."

Girdėdamas tai imsite dar labiau verkti. Tuomet Viešpats švelniai nušluostys jūsų ašaras ir dar stipriau jus apkabins. Žvelgdamas į Jo akis galėsite jausti Jo širdį. „Aš viską apie tave žinau. Žinau visas tavo ašaras ir skausmus. Čia bus tik džiaugsmas ir laimė."

Kaip ilgai jūs laukėte šio momento. Jo glėbyje jūs jaučiate didžiausią ramybę, džiaugsmą ir perteklių, kurie supa visą jūsų kūną.

Dabar galėsite girdėti švelnų, gilų ir gražų šlovinimo garsą. Tuomet Viešpats paims jus už rankos ir ves į tą vietą, iš kurios sklinda šlovinimo garsas.

Vestuvių banketo salė yra pilna įvairiaspalvių šviesų

Po minutėlės pamatysite puikius, spindinčius, didžius ir gražius rūmus. Kai atsistosite priešais rūmų vartus, jie iš lėto atsivers ir iš rūmų nušvis ryškios šviesos. Kuomet su Viešpačiu žengsite į rūmus tartum šviesa jus trauktų vidun, ten pamatysite didžiulę salę, net negalėsite matyti jos galo. Ši salė yra papuošta gražiais ornamentais ir daiktais, joje daug spalvingų ir ryškių šviesų.

Vis garsėja gyrių garsai, kurie švelniai pripildo salę. Pagaliau Viešpats skambiu balsu paskelbia Vestuvių banketo pradžią. Prasideda Septynių metų vestuvių banketas, atrodo, lyg tai būtų sapnas.

Ar jau jaučiate šio renginio džiaugsmą? Žinoma, ne visi, kas yra tame bankete, gali taip būti su Viešpačiu. Juo sekti gali tik tie, kas visiškai atitinka reikalavimus, tik tuos Jis gali apkabinti.

Taigi, turite pasiruošti ir būti nuotaka, dieviškosios prigimties dalininke. Tačiau nors ne visi žmonės galės laikytis už Viešpaties rankos, jie jaus tą pačią laimę ir pilnatvę.

Giedojimo ir šokių malonios akimirkos

Kai prasideda Vestuvių banketas, jūs giedate ir šokate su Viešpačiu, garbindami Dievo Tėvo vardą. Jūs šokate su Viešpačiu, kalbatės apie akimirkas šioje žemėje arba apie dangų, kur gyvensite.

Taip pat kalbatės apie Dievo Tėvo meilę ir šlovinate Jį. Galite puikiai pabendrauti su žmonėmis, su kuriais jau ilgą laiką norėjote pasikalbėti.

Banketas mielai tęsiasi, o jūs mėgaujatės burnoje tirpstančiais vaisiais ir geriate Gyvenimo vandenį, tekantį nuo Tėvo sosto. Jums nebūtina praleisti visus septynis metus šioje pilyje. Kartais jūs galite išeiti iš pilies ir smagiai leisti laiką kitur.

O kokia linksma veikla ir renginiai laukia jūsų už pilies ribų? Galite mėgautis gražia gamta, gėrėtis miškais, medžiais, gėlėmis ir paukščiais. Galite vaikščioti su mylimaisiais gatvėmis, papuoštais gražiausiomis gėlėmis, galite kalbėtis su jais, kartais girti Viešpatį giesmėmis ir šokiais. Taip pat yra daug kitų įdomių dalykų didelėse atvirose vietose. Pavyzdžiui, žmonės gali plaukioti valtimis su mylimaisiais ar su pačiu Viešpačiu. Galite nueiti pasimaudyti arba pasimėgauti įvairiomis pramogomis ir žaidimais. Dievo kruopštus rūpestis ir meilė suteikia jums neįsivaizduojamą džiaugsmą ir pasitenkinimą daugybėje įvairių dalykų.

Septynių metų vestuvių banketo metu šviesos niekada neišjungiamos. Žinoma, nes Edenas – tai šviesos vieta, kur nėra nakties. Edene nereikia eiti miegoti ar ilsėtis, kaip čia žemėje. Mėgaujatės kiek norite, niekada nepavargstate, tampate dar laimingesni.

Todėl laiko tėkmė nesijaučia, septyni metai prabėga kaip septynios dienos, ar septynios valandos. Netgi jei turite tėvų, vaikų ar brolių ir seserų, kurie nebuvo paimti ir kenčia Didįjį sielvartą, laikas bėga labai greitai su džiaugsmu ir laime, kad net neprisiminsite apie juos.

Daugiau dėkingumo už išgelbėjimą

Edeno sodo žmonės ir Vestuvių banketo svečiai gali matyti vienas kitą, bet negali išeiti ar sugrįžti. Be to, piktosios dvasios taip pat gali stebėti Vestuvių banketą, ir jūs galite jas matyti. Žinoma, piktosios dvasios negali net pagalvoti apie tai, kad prisiartintų prie banketo vietos, bet jūs vis tiek jas matote.

Matydamos banketą ir svečių laimę, piktosios dvasios kenčia didelius skausmus. Kadangi jos nei vieno žmogaus jau nebegali paimti į pragarą ir mato, kad žmonės tapo Dievo vaikais, jos kenčia neįsivaizduojamą skausmą.

O jūs, matydami piktąsias dvasias, prisimenate, kaip jos stengėsi jus praryti kaip riaumojantis liūtas, kol buvote ugdomi šioje žemėje.

Tuomet pasidarote dar dėkingesni už Dievo Tėvo malonę, už Viešpatį, ir už Šventąją Dvasią, kuri apgynė jus nuo tamsos jėgos ir įvedė jus į Dievo vaiko poziciją. Be to, jaučiate didesnį dėkingumą tiems, kas padėjo jums patekti į gyvenimo kelią.

Taigi, Septynių metų vestuvių banketas – tai ne tik poilsio bei paguodos po visų ugdymo žemėje skausmų metas, bet ir laikas, kai prisiminsite tam tikrus laikus, praleistus žemėje, ir būsite dėkingesni už Dievo meilę.

Ten taip pat pagalvosite apie amžiną gyvenimą danguje, kuris bus žymiai geresnis už Septynių metų vestuvių banketą. Dangaus laimė yra nepalyginama su Septynių metų vestuvių banketo džiaugsmu.

Septynių metų Didysis sielvartas

Kol ore vyksta laimingas vestuvių banketas, žemėje – septynių metų Didysis sielvartas. Dėl Didžiojo sielvarto būdo ir apimties, kurios niekada anksčiau nebuvo ir nebus, didžiausia žemės dalis yra sunaikinama, o dauguma likusių žemėje žmonių miršta.

Žinoma, kai kurie bus išgelbėti ir gaus „antraeilį išgelbėjimą." Daug žmonių liks čia žemėje po Antrojo Viešpaties atėjimo, nes jie visiškai netikėjo ar netikėjo teisingai. Tačiau kai jie atgailaus per Septynių metų Didįjį sielvartą ir taps kankiniais, jie galės būti išgelbėti. Tai yra vadinama „antraeiliu išgelbėjimu."

Tačiau tapti kankiniu Septynių metų Didžiojo sielvarto metu yra sunku. Net jeigu nuo pat pradžių jie nuspręs būti kankiniais, dauguma iš jų atsižadės Viešpaties dėl žiaurių antikristo, verčiančio juos priimti ženklą „666," kankinimų ir persekiojimų.

Daugeliu atvejų jie kategoriškai atsisakys priimti ženklą, nes, kai jį gaus, tuomet priklausys šėtonui. Tačiau sunkiausia yra ištverti kankinimus ir nepaprastus skausmus.

Net jei pats žmogus gali iškentėti kankinimus, dar sunkiau yra žiūrėti, kaip yra kankinami mylimieji šeimos nariai. Štai kodėl yra labai sunku gauti „antraeilį išgelbėjimą." Be to, kadangi žmonės tuo metu negaus jokios pagalbos iš Šventosios Dvasios, bus dar sunkiau išsaugoti tikėjimą.

Taigi tikiuosi, kad niekas iš skaitytojų neatsiras Septynių metų Didžiajame sielvarte. Aš pasakoju apie Septynių metų Didįjį Sielvartą tam, kad sužinotumėte, jog Biblijoje užrašyti paskutinių laikų įvykiai išsipildo ir pildysis labai tiksliai.

Be to, aš tai pasakoju ir tiems, kas pasiliks žemėje po to, kai Dievo vaikai bus pagauti į orą. Kol ore vyksta laimingas vestuvių banketas, kur patenka tikrieji tikintieji, žemėje vyksta baisus Septynių metų Didysis sielvartas.

Kankiniai gauna „antraeilį išgelbėjimą"

Po Viešpaties sugrįžimo ore bus tokių, kas atgailaus dėl savo neteisingo tikėjimo Jėzumi Kristumi, bet nebus pagauti į orą.

Bažnyčios skelbiamas Dievo žodis, rodantis Dievo jėgos didingus darbus laiko pabaigoje, duos jiems „antraeilį išgelbėjimą," Jie sužinos apie tai, kaip galima išsigelbėti, kokie įvykiai vyks, ir kaip jiems reikia reaguoti į pasaulinio masto įvykius, pranašautus per Dievo žodį.

Taigi, bus kai kurie žmonės, kas tikrai atgailaus prieš Dievą ir bus išgelbėti, tapę kankiniais. Tai yra vadinama „antraeiliu išgelbėjimu." Žinoma, tarp šių žmonių yra izraelitai. Jie susipažins su „Žinia apie kryžių" ir supras, kad jie nukryžiavo Jėzų, kurio jie nepripažino esant Mesiju, o Jis yra tikras Dievo sūnus ir visos žmonijos Išgelbėtojas. Jie atgailaus ir bus „antraeilio išgelbėjimo" dalininkais. Jie susirinks, kad kartu augintų savo tikėjimą, o kai kurie iš jų perpras Dievo širdį, taps kankiniais ir išsigelbės.

Tokiu būdu knygos, kurios aiškiai parodo Dievo žodį, padeda ne tik pakelti daugelio tikinčiųjų tikėjimą, bet vaidina labai svarbu vaidmenį ir tiems, kas nebus pagauti ore. Taigi, turite suprasti nuostabią Dievo meilę ir Jo gailestingumą, juk Jis suteikė viską tiems, kas bus išgelbėti net po Antrojo Viešpaties Atėjimo ore.

2. Mileniumas

Nuotakos po dalyvavimo Septynių metų vestuvių bankete sugrįš į šią žemę ir viešpataus su Viešpačiu tūkstantį metų (Apreiškimo 20:4). Kai Viešpats sugrįš į žemę, Jis ją apvalys. Jis pirma išvalys orą, o vėliau visą gamtą padarys gražia.

Kelionė po visą atnaujintą žemę

Kaip jaunavedžiai važiuoja į medaus mėnesio kelionę, taip ir jūs kartu su Viešpačiu keliausite Mileniumo metu, po Septynių metų vestuvių banketo. Kur gi jus norėsite apsilankyti labiausiai?

Dievo vaikai, Viešpaties nuotakos, norės apsilankyti šioje žemėje, nes greitai jiems teks ją palikti. Viską iš Pirmojo dangaus, pavyzdžiui, žemę, kur vyko žmonių ugdymas, saulę ir mėnulį, Dievas po Mileniumo patrauks į kitas erdves.

Tad po Septynių metų vestuvių banketo Dievas Tėvas gražiai atnaujins šią žemę ir leis jums viešpatauti joje kartu su Viešpačiu tūkstantį metų prieš tai, kai Jis ją patrauks. Toks yra iš anksto suplanuotas procesas Dievo apvaizdoje: Jis viską danguje ir žemėje sukūrė per šešias dienas, o septintą – ilsėjosi. Be to kai tūkstantį metų valdysite žemę su Viešpačių, jums nebus gaila jos palikti. Jums labai patiks viešpatauti su Viešpačiu tūkstantį metų šioje gražiai atnaujintoje žemėje. Kai lankysitės visose tose vietose, kur negalėjote būti gyvendami žemėje, jums bus be galo džiugu ir malonu.

Viešpatavimas tūkstantį metų

Tuo laiku priešo šėtono ir velnio nebus. Kaip ir Edeno sode šioje patogioje aplinkoje bus vien taika ir ramybė. O išgelbėtieji su Viešpačiu gyvens šioje žemėje, tačiau ne kartu su kūniškais žmonėmis, išgyvenusiais Didįjį sielvartą. Išgelbėtieji su Viešpačiu gyvens atskiroje vietoje, panašioje į karališkus rūmus ar pilį. Kitaip tariant, dvasiniai žmonės gyvens pilyje, o kūniški už jos ribų, nes dvasiniai ir kūniški negali kartu gyventi vienoje vietoje.

Dvasiniai žmonės tuomet jau bus pasikeitę, gavę dvasinius kūnus ir turės amžiną gyvenimą. Tad jie galės gyventi uostydami gėlių aromatus, o kartais galės ir valgyti kartu su kūniškais žmonėmis, kai susitiks kartu. Tačiau net jeigu ir valgys, jie neturės išmatų kaip kūniški žmonės. Net kai valgys fizinį maistą, jis išeis iš kūno į orą per kvėpavimą ir išsiskaidys.

Kūniški žmonės norės padidinti savo skaičių, nes išlikusių po Septynių metų Didžiojo sielvarto bus mažai. Tuo metu ligų ar blogio nebus, nes oras bus švarus, o priešo šėtono ir velnio ten nebus. Kadangi blogį valdantys priešas šėtonas ir velnias bus įkalinti bedugnėje, prarajoje, neteisumas ir žmogiškosios prigimties blogis neturės jokios įtakos (Apreiškimo 20:3). Be to, kadangi nebus mirties, žemė vėl prisipildys daugybe žmonių.

O ką valgys kūniški žmonės? Kai Adomas ir Ieva gyveno Edeno sode, jie maitinosi tik vaisiais ir sėklą turinčiais augalais (Pradžios 1:29). Po to, kai Adomas ir Ieva nepakluso Dievui ir buvo išvaryti iš Edeno sodo, jie pradėjo valgyti lauko augalus (Pradžios 3:18). Po Nojaus laikų tvano pasaulis dar pablogėjo ir Dievas leido žmonėms valgyti mėsą. Matome, kad, kuo piktesnis pasaulis, tuo blogesnis tampa žmonių maistas.

Mileniumo metu žmonės valgys lauko derlių arba medžių vaisius. Mėsos jie nevalgys, kaip žmonės prieš Nojaus laikus, kadangi nebus blogio ir žudymo. Be to, kadangi visos civilizacijos bus sunaikintos karų Didžiojo sielvarto metu, žmonės vėl gyvens primityviai ir jų skaičius Viešpaties atnaujintoje žemėje padaugės. Jie turės naują pradžią tyroje, neužterštoje, ramioje ir gražioje gamtoje.

Ir nors jie turėjo tokią išvystytą civilizaciją prieš Didįjį sielvartą ir turėjo žinių, šiandienos lygio šiuolaikinė civilizacija nebus pasiekiama per vieną ar du šimtmečius. Tačiau po kiek laiko žmonės sukaups išminties ir Mileniumo pabaigoje jie galės pasiekti šiandienos civilizacijos lygį.

3. Dangus dovanojamas po Teismo dienos

Po Mileniumo Dievas trumpam laikui išvaduos priešą šėtoną ir velnią, kurie bus įkalinti bedugnėje, prarajoje (Apreiškimo 20:1-3). Nors šioje žemėje pats Viešpats viešpatauja tam, kad atvestų kūniškus žmones, išgyvenusius Didįjį sielvartą, ir jų palikuonis į amžiną išgelbėjimą, jų tikėjimas nėra tikras. Tuomet Dievas leidžia priešui šėtonui ir velniui gundyti juos.

Daug kūniškų žmonių bus sugundyti priešo velnio ir eis į pražūtį (Apreiškimo 20:8). Taigi, Dievo žmonės vėl supras, kodėl Dievas turėjo sukurti pragarą, ir pamatys didžiąją Dievo meilę, juk Jis nori turėti tikrus vaikus per žmonijos ugdymo procesą.

Po to, trumpam laikui išvaduotos piktos dvasios vėl bus įkalintos bedugnėje, ir tuomet įvyks Didysis Baltojo Sosto Teismas (Apreiškimo 20:12). Tai kaip gi vyks Didysis Baltojo Sosto Teismas?

Dievas vadovauja Baltojo Sosto Teismu

1982 metų liepos mėnesį aš meldžiausi dėl bažnyčios atidarymo ir detaliai sužinojau apie Didįjį Baltojo Sosto Teismą. Dievas apreiškė man vaizdą, kur Dievas teisė visus. Prieš Dievo Tėvo Sostą stovėjo Viešpats ir Mozė, o aplink sostą buvo žmonės, tai buvo prisiekusieji.

Dievas yra tobulas ir nedaro klaidų, priešingai šio pasaulio teisėjams. Tačiau teismo metu Viešpats veikia kaip meilės advokatas, Mozė kaip įstatymo prokuroras, o kiti žmonės – prisiekusieji. Apreiškimo 20:11-15 yra tiksliai aprašyta, kaip Dievas vykdys teismą.

> *Paskui mačiau didelį baltą sostą ir jame Sėdintįjį, nuo kurio veido pabėgo žemė ir dangus, ir nebeliko jiems vietos. Ir mačiau mirusius, didelius ir mažus, stovinčius priešais Dievą. Buvo atskleistos knygos. Ir buvo atversta dar viena, būtent gyvenimo knyga. Mirusieji buvo teisiami iš užrašų knygose pagal jų darbus. Jūra atidavė savo mirusiuosius, o mirtis ir pragaras atidavė savuosius. Ir kiekvienas buvo teisiamas pagal savo darbus. Mirtis ir pragaras buvo įmesti į ugnies ežerą. Tai yra antroji mirtis. Kas tik nebuvo rastas įrašytas gyvenimo knygoje, buvo įmestas į ugnies ežerą.*

„Didelis baltas sostas" – tai Dievo Teisėjo Sostas. Dievas, sėdintis ant sosto, kuris yra toks ryškus, kad atrodo „baltas," vykdys galutinį teismą su meile ir teisumu, ir į pragarą nusiųs pelus, o ne kviečius.

Štai kodėl tai yra kartais vadinama Didžiojo Baltojo Sosto Teismu. Dievas vykdys teismą tiksliai pagal „gyvenimo knygą," kurioje yra užrašyti išgelbėtų vardai, o kitose knygose įrašyti kiekvieno žmogaus veiksmai.

Neišgelbėtieji kris į pragarą

Prieš Dievo Sostą yra ne tik gyvenimo knyga, bet ir kitos knygos, kuriose užrašyti visi kiekvieno žmogaus, nepriėmusio Viešpaties ar neturėjusio tikro tikėjimo, veiksmai (Apreiškimo 20:12).

Šiose knygose be išimčių yra įrašyti visi veiksmai nuo tos

akimirkos, kai jie gimė, iki tol, kol Viešpats pakvietė jų dvasią. Pavyzdžiui, geri darbai, kieno nors keikimas, mušimas, pyktis – visa tai užrašyta angelų rankomis.

Garso ir vaizdo įrašai leidžia mums įrašyti ir išsaugoti tam tikrus pokalbius ar įvykius, taip ir angelai užrašo ir įrašo visas situacijas dangaus knygose visagalio Dievo liepimu. Taigi, Didysis Baltojo Sosto Teismas įvyks su visišku tikslumu, be jokių klaidų. Kaip gi vyks tas teismas?

Pirma bus teisiami neišgelbėtieji. Tokie žmonės negali stoti prieš Dievą teismui, nes yra nusidėjėliai. Jie bus teisiami tik Hade, pragaro Laukimo vietoje. Nors jie nestoja prieš Dievą, teismas bus toks pat griežtas, kaip ir prieš patį Dievą.

Nusidėjėlių tarpe pirma Dievas nuteis tuos, kurių nuodėmės buvo sunkesnės. Po visų neišgelbėtųjų teismo, jie visi pateks į ugnies ežerą arba degančios sieros ežerą ir bus amžinai baudžiami.

Išgelbėtieji gauna apdovanojimus Danguje

Po neišgelbėtųjų teismo pabaigos įvyks išgelbėtųjų apdovanojimo teismas. Kaip pažadėta Apreiškimo 22:12: *,,Štai Aš veikiai ateinu, ir mano atlygis su manimi, kad kiekvienam atlyginčiau pagal jo darbus,"* taip ir vietos bei atlygiai danguje bus skiriami atitinkamai.

Apdovanojimų teismas įvyks ramybėje Dievo akivaizdoje, nes jis yra skirtas Dievo vaikams. Apdovanojimų teismas prasideda nuo tų, kurie turi didžiausius ir gausiausius apdovanojimus, ir baigiasi tais, kas jų turi mažiausiai, o toliau Dievo vaikai įžengs į atitinkamas vietas.

> *Ten nebebus nakties, jiems nereikės nei žiburio, nei saulės šviesos, nes Viešpats Dievas jiems švies, ir jie viešpataus per amžių amžius* (Apreiškimo 22:5).

Nepaisant daugelio sunkumų ir bėdų šiame pasaulyje, kaip nuostabu turėti dangaus viltį! Ten gyvensite su Viešpačiu amžinai, bus tik laimė ir džiaugsmas, be ašarų, sielvarto, skausmo ar mirties.

Aš tik trumpai aprašiau Septynių metų vestuvių banketą ir Mileniumą, kurio metu viešpatausite su Viešpačiu. Jeigu šitie laikai bus laimingi – o tai bus tik gyvenimo danguje preliudija – kokia gi laimė ir džiaugsmas laukia danguje? Taigi, turite bėgti link savo vietos ir apdovanojimų, paruoštų jums danguje, kol Viešpats ateis ir pasiims jus.

Kodėl mūsų tikėjimo protėviai stengėsi iš visų jėgų ir kentėjo tiek daug visko, pasirinkę Viešpaties siaurąjį kelią, ir negyveno šiame pasaulyje lengvuoju būdu? Jie pasninkavo ir meldėsi daug naktų, kad atsikratytų savo nuodėmių ir visiškai pašvęstų save, nes jie turėjo dangaus viltį. Juk jie tikėjo Dievu, kuris apdovanos juos danguje pagal jų veiksmus, jie energingai stengėsi tapti šventais ir ištikimais visuose Dievo namuose.

Todėl aš Viešpaties vardu meldžiu, kad jūs ne tik dalyvautumėte Septynių metų vestuvių bankete ir būtumėte apkabinti Viešpaties, bet ir liktumėte kuo arčiau Dievo Sosto danguje per savo geriausias pastangas ir uolią dangaus viltį.

4 skyrius

Dangaus paslaptys, paslėptos nuo pasaulio sukūrimo

1. Nuo Jėzaus laikų dangaus paslaptys turi būti apreikštos
2. Dangaus paslaptys apreikštos laiko pabaigoje
3. Mano Tėvo namuose daug buveinių

Jėzus atsakė:
„Jums duota pažinti
dangaus karalystės paslaptis,
o jiems neduota.
Mat, kas turi, tam bus duota,
ir jis turės su pertekliumi,
o iš neturinčio
bus atimta ir tai, ką jis turi.
Aš jiems kalbu palyginimais todėl,
kad jie žiūrėdami nemato,
klausydami negirdi
ir nesupranta."

Visa tai Jėzus kalbėjo minioms palyginimais,
ir be palyginimų Jis jiems nekalbėjo,
kad išsipildytų,
kas buvo per pranašą pasakyta:
„Aš atversiu savo burną palyginimais,
skelbsiu nuo pasaulio sukūrimo
paslėptus dalykus."

- Mato 13:11-12; 34-35 -

Kartą, kai Jėzus sėdėjo pakrantėje, susirinko daug žmonių. Jėzus papasakojo jiems daug dalykų palyginimais. Jėzaus mokiniai paklausė Jo: „*Kodėl kalbi jiems palyginimais?*" Jėzus atsakė jiems:

> „*Jums duota pažinti dangaus karalystės paslaptis, o jiems neduota. Mat, kas turi, tam bus duota, ir jis turės su pertekliumi, o iš neturinčio bus atimta ir tai, ką jis turi. Aš jiems kalbu palyginimais todėl, kad jie žiūrėdami nemato, klausydami negirdi ir nesupranta. Jiems pildosi Izaijo pranašystės žodžiai: „Girdėti girdėsite, bet nesuprasite, žiūrėti žiūrėsite, bet nematysite. Šitų žmonių širdys aptuko. Jie prastai girdėjo ausimis ir užmerkė akis, kad nepamatytų akimis, neišgirstų ausimis, nesuprastų širdimi ir neatsiverstų, ir Aš jų nepagydyčiau." Bet palaimintos jūsų akys, nes mato, ir jūsų ausys, nes girdi. Iš tiesų sakau jums: daugelis pranašų ir teisiųjų troško išvysti, ką jūs matote, bet neišvydo, ir girdėti, ką jūs girdite, bet neišgirdo*" (Mato 13:11-17).

Kaip Jėzus ir pasakė, daugelis pranašų ir teisiųjų negalėjo pamatyti ar išgirsti dangaus karalystės paslaptčių, nors jie to norėtų.

Tačiau, kadangi Jėzus, kuris yra pats Dievas pagal prigimtį, nužengė į šią žemę (Filipiečiams 2:6-8), Jo mokiniams galėjo būti apreikštos dangaus paslaptys.

Mato 13:35 parašyta: *"Kad išsipildytų, kas buvo per pranašą pasakyta: ,Aš atversiu savo burną palyginimais, skelbsiu nuo pasaulio sukūrimo paslėptus dalykus'"* Jėzus kalbėjo palyginimais, kad išpildytų Raštus.

1. Nuo Jėzaus laikų dangaus paslaptys turi būti apreikštos

„Žinia apie kryžių," kuri pagimdo tikrus Dievo vaikus, buvo suplanuota net prieš pasaulio sukūrimą, bet buvo paslėpta (1 Korintiečiams 2:7). Jeigu ji nebūtų paslaptimi, priešas šėtonas ir velnias nenukryžiuotų Jėzaus ir kelias žmonių išganymui nebūtų atvertas.

Taip pat, jeigu dangaus paslaptys nebūtų paslėptos nuo sukūrimo laikų, žmonių ugdymas, kuris pagimdo tikrus Dievo vaikus, neįvyktų. Tačiau, po Jėzaus atėjimo į šią žemę ir Jo tarnavimo pradžios, Jis atskleidė dangaus paslaptis, nes norėjo, kad žmonės, supratę jas, duotų daug vaisių.

Jėzus per palyginimus apreiškia dangaus paslaptis

Mato 13 skyriuje yra daug palyginimų apie dangų. O be palyginimų negalima suprasti ir įvykdyti dangaus paslapčių, net jeigu daug kartų skaitytumėte Bibliją.

„Su dangaus karalyste yra kaip su žmogumi, kuris pasėjo dirvoje gerą sėklą" (24 eil.).

Jis pateikė jiems dar vieną palyginimą: „Dangaus karalystė yra kaip garstyčios grūdelis, kurį žmogus ėmė ir pasėjo savo dirvoje. Nors jis mažiausias iš visų sėklų, bet užaugęs būna didesnis už visus augalus ir tampa medeliu; net padangių paukščiai atskridę susisuka lizdus jo šakose" (Mato 13:31-32).

„Dangaus karalystė yra kaip raugas, kurį moteris įmaišė trijuose saikuose miltų, ir nuo jo viskas įrūgo" (33 eil.)

„Dangaus karalystė yra kaip dirvoje paslėptas lobis. Atradęs jį, žmogus tai nuslepia; iš to džiaugsmo eina, parduoda visa, ką turi, ir perka tą dirvą" (44 eil.).

„Vėl su dangaus karalyste yra kaip su pirkliu, ieškančiu gerų perlų. Atradęs vieną brangų perlą, jis eina, parduoda visa, ką turi, ir nusiperka jį" (45-46 eil.).

„Ir vėl su dangaus karalyste yra kaip su jūron metamu tinklu, užgriebiančiu įvairiausių žuvų. Kai jis pilnas, jį išvelka į krantą, susėda ir surenka gerąsias į indus, o blogąsias išmeta" (47-48 eil.).

Taip Jėzus skelbė apie dangų, kuris yra dvasinėje sferoje, daugeliu palyginimų. Kadangi dangus yra nematomoje dvasinėje sferoje, jį galima suprasti tik per palyginimus.

Norėdami turėti amžiną gyvenimą danguje turite tinkamai gyventi tikėjimu ir žinoti, kaip pasiekti dangų, kokie žmonės ten įžengs, ir kuomet tai išsipildys.

Koks yra pagrindinis bažnyčios lankymo ir gyvenimo tikėjimu tikslas? Išsigelbėti tikėjimu ir patekti į dangų. Tačiau, jeigu ilgą laiką lankėtės bažnyčioje, bet negalėsite patekti į dangų, kaip tai bus apgailėtina!

Net Jėzaus laikais daugelis žmonių pakluso įstatymui ir išpažino savo tikėjimą Dievu, bet neturėjo teisės išsigelbėti ir įžengti į dangų. Dėl to, Mato 3:2 Jonas krikštytojas skelbė: *„Atgailaukite, nes prisiartino dangaus karalystė"* ir paruošė Viešpačiui kelią. Be to, Mato 3: 11-12 jis skelbė žmonėms apie tai, kad Jėzus yra Didžiojo Teismo Išgelbėtojas ir Viešpats, pasakęs: *„Aš jus krikštiju vandeniu atgailai, bet Tas, kuris ateina po manęs, – galingesnis už mane, aš nevertas net Jo sandalų nuauti. Jis krikštys jus Šventąja Dvasia ir ugnimi. Jo rankoje vėtyklė, ir Jis kruopščiai išvalys savo kluoną. Kviečius surinks į klėtį, o pelus sudegins neužgesinama ugnimi."*

Tačiau to meto izraelitai ne tik neatpažino Jo kaip savo Išgelbėtojo, bet ir nukryžiavo Jį. Kaip liūdna – juk jie iki šiol vis laukia Mesijo!

Dangaus paslaptys apreikštos apaštalui Pauliui

Nors apaštalas Paulius nebuvo vienu iš Jėzaus pirmų dvylikos apaštalų, jis ne mažiau už kitus liudijo apie Jėzų Kristų. Prieš sutikdamas Viešpatį jis buvo fariziejus, stropiai vykdė įstatymą ir vyresniųjų tradicijas. Tai buvo žydas, nuo gimimo turėjęs Romos pilietybę. Jis dalyvavo pirmosios bažnyčios krikščionių persekiojime.

Tačiau, sutikęs Viešpatį kelyje į Damaską, Paulius pakeitė savo mąstyseną ir atvedė daugybę žmonių į išgelbėjimo kelią, sutelkęs visas pastangas ties evangelizavimu pagoniams.

Dievas žinojo, kad Paulius kentės daug skausmų ir persekiojimų, kai skelbs evangeliją. Dėl to Jis apreiškė Pauliui daugelį puikių dangaus paslapčių, kad jis bėgtų link tikslo (Filipiečiams 3:12-14). Dievas padėjo jam pamokslauti evangeliją su didžiu džiaugsmu ir dangaus viltimi.

Paskaitę Pauliaus laiškus galėsite pamatyti, kad jis rašė kupinas Šventosios Dvasios įkvėpimo apie Viešpaties atėjimą, apie tikinčiųjų paėmimą į orą, apie dangiškąsias buveines, dangaus šlovę, amžinus atlygius ir karūnas, amžiną kunigaikštį Melchizedeką, ir Jėzų Kristų.

2 Korintiečiams 12:1-4 Paulius dalinasi savo dvasine patirtimi su jo paties įsteigta Korinto bažnyčia, kuri negyveno pagal Dievo žodį.

> *Jei reikia girtis (nors iš to jokios naudos), eisiu prie Viešpaties regėjimų ir apreiškimų. Pažįstu žmogų Kristuje, kuris prieš keturiolika metų, – ar kūne, ar be kūno – nežinau, Dievas žino, – buvo paimtas iki trečiojo dangaus. Ir žinau, kad šitas žmogus, – ar kūne, ar be kūno – nežinau, Dievas žino, – buvo paimtas į rojų ir girdėjo neišreiškiamus žodžius, kurių nevalia žmogui ištarti.*

Dievas išrinko apaštalą Paulių pagonių evangelizavimui,

apvalė jį ugnimi ir parodė jam regėjimus ir apreiškimus. Dievas padėjo jam įveikti visus sunkumus meile, tikėjimu ir dangaus viltimi. Pavyzdžiui, Paulius pripažino, kad buvo paimtas į Rojų Trečiame danguje ir išgirdo apie dangaus paslaptis dar prieš keturiolika metų iki to, bet jos buvo tokios šlovingos, kad žmonėms nebuvo leista apie tai sakyti.

Apaštalas – tai Dievo pašauktas žmogus, kuris visiškai klausosi Jo valios. Tačiau Korinto bažnyčios narių tarpe buvo tokių, kurie buvo apgauti melagingų mokytojų ir kritikavo apaštalą Paulių.

Šį kartą apaštalas Paulius išvardino savo patirtus sunkumus dėl Viešpaties ir pasidalino savo dvasiniais išgyvenimais, kad korintiečiai taptų gražiomis Viešpaties nuotakomis ir veiktų pagal Dievo žodį. Jis tai padarė ne tam, kad pasigirtų dvasine patirtimi, bet vien tik tam, kad sustiprintų Kristaus bažnyčią savo apaštališko tarnavimo apgynimu ir patvirtinimu.

Čia turite suprasti tai, kad Viešpaties regėjimai ir apreiškimai gali būti suteikiami tik tiems, kas yra tinkami Dievo akyse. Be to, neturime kritikuoti Dievo pripažintų žmonių, dirbančių dėl Dievo karalystės išplėtimo, daugelio žmonių išgelbėjimo, kaip tie Korinto bažnyčios nariai, kurie buvo apgauti melagingų mokytojų ir kritikavo Paulių.

Dangaus paslaptys apreikštos apaštalui Jonui

Apaštalas Jonas buvo vienas iš dvylikos apaštalų ir buvo labai mylimas Jėzaus. Pats Jėzus ne tik pavadino jį „mokiniu," bet dvasiškai ugdė jį, kad jis iš arti galėtų tarnauti savo mokytojui. Jis buvo tokio ūmaus būdo, kad buvo vadinamas „griaustinio vaiku," bet, pakeistas Dievo jėgos, jis yra vadinamas „meilės apaštalu." Jonas sekė Jėzumi, norėdamas išvysti dangaus šlovę. Be to, jis buvo vienintelis mokinys, kuris išgirdo Jėzaus paskutinius septynis pasakymus ant kryžiaus. Jis buvo ištikimas apaštalo pareigose ir tapo didingu žmogumi danguje.

Dėl nuožmaus krikščionių persekiojimo Romos Imperijoje Jonas buvo patalpintas į verdantį aliejų, bet nemirė, ir buvo ištremtas į Patmo salą. Ten jis turėjo artimą bendravimą su Dievu ir parašė Apreiškimo knygą, kupiną dangaus paslapčių.

Jonas parašė apie daugelį dvasinių dalykų: Dievo sostą ir Avinėlį danguje, garbinimą danguje, keturias būtybes aplink Dievo sostą, septynių metų Didįjį sielvartą ir angelų vaidmenį, Avinėlio vestuvių banketą ir Mileniumą, Baltojo sosto Didįjį Teismą, pragarą, Naująją Jeruzalę danguje ir bedugnę, praraja.

Štai kodėl apaštalas Jonas Apreiškimo 1:1-3 sako, kad ši Knyga yra užrašyta po Viešpaties apreiškimų ir regėjimų, o jis viską užrašė, nes visa tai turi įvyki greitu metu.

Jėzaus Kristaus apreiškimas, kurį Dievas Jam davė, kad Jis atskleistų savo tarnams, kas turi greitai įvykti. Per savo pasiųstą angelą Jis padarė jį žinomą savajam tarnui Jonui, kuris paliudijo Dievo žodį bei Jėzaus Kristaus liudijimą – visa, ką buvo matęs. Palaimintas, kas skaito bei klauso šios pranašystės žodžių ir laikosi, kas joje parašyta, nes laikas yra arti.

Frazė „laikas yra arti" reiškia, kad arti Viešpaties atėjimo laikas. Taigi, labai svarbu atitikti reikalavimus įžengimui į dangų per išgelbėjimą tikėjimu.

Net jeigu kas savaitę lankote bažnyčią, negalėsite išsigelbėti, jei neturėsite tikėjimo su darbais. Jėzus mums pasakė: *„Ne kiekvienas, kuris man sako: ‚Viešpatie, Viešpatie!' įeis į dangaus karalystę, bet tas, kuris vykdo valią mano Tėvo, kuris yra danguje"* (Mato 7:21). Tačiau, jei negyvenate pagal Dievo Žodį, tai reiškia, kad negalite patekti į dangų.

Todėl apaštalas Jonas aiškina įvykius ir pranašystes, kurios greitai įvyks ir išsipildys, pradedant nuo Apreiškimo 4 skyriaus ir toliau. Jis daro išvadą, kad Viešpats sugrįš, tad reikia apvalyti rūbus.

„Štai Aš veikiai ateinu, ir mano atlygis su manimi, kad kiekvienam atlyginčiau pagal jo darbus. Aš esu Alfa ir Omega, Pradžia ir Pabaiga, Pirmasis ir Paskutinysis." „Palaiminti, kurie vykdo Jo įsakymus, kad įgytų teisę į gyvenimo medį ir galėtų įžengti pro vartus į miestą" (Apreiškimo 22:12-14).

Dvasine prasme rūbai – tai žmogaus širdis ir veiksmai. Rūbų apvalymas simbolizuoja atgailą ir pastangas gyventi pagal Dievo valią.

Taigi, jeigu gyvenate pagal Dievo Žodį, jūs praeisite pro vartus, kol neįžengsite į gražiausią dangaus vietą – Naująją Jeruzalę.

Taigi, turite suprasti, kad, kuo daugiau auga tikėjimas, tuo geresnė bus jūsų buveinė danguje.

2. Dangaus paslaptys apreikštos laiko pabaigoje

Įsigilinkime į dangaus paslaptis, kurios yra apreikštos ir turi subręsti laikų pabaigoje, per Jėzaus palyginimus iš Mato 13 skyriaus.

Jis išrankios bloguosius iš gerųjų

Mato 13:47-50 Jėzus sako, kad dangaus karalystė yra kaip tinklas, įmestas į ežerą, kuris užgriebė įvairiausių žuvų. Ką tai reiškia?

„Ir vėl su dangaus karalyste yra kaip su jūron metamu tinklu, užgriebiančiu įvairiausių žuvų. Kai jis pilnas, jį išvelka į krantą, susėda ir surenka gerąsias į indus, o blogąsias išmeta. Taip bus ir pasaulio pabaigoje: išeis angelai, išrankios bloguosius iš gerųjų ir įmes juos į ugnies krosnį. Ten bus verksmas ir dantų griežimas."

„Jūra" čia reiškia pasaulį, „žuvis" – visus tikinčiuosius, o žvejys, kuris nuleidžia tinklą į jūrą ir pagauna žuvį, – tai Dievas. Ką tuomet reiškia tai, kad Dievas nuleidžia tinklą, išsitraukia jį pilną ir surenka gerąsias į indus, o blogąsias išmeta? Tai mums parodo, kad laiko pabaigoje angelai ateis ir surinks teisiuosius į dangų, o blogus išmes į pragarą.

Šiandien daugelis žmonių mano, kad būtinai pateks į dangaus karalystę, jeigu priims Jėzų Kristų. Tačiau, Mato 13:50 Jėzus aiškiai pasakė: *„Išeis angelai, išrankios bloguosius iš gerųjų ir* *įmes juos į ugnies krosnį."* „Gerieji" – čia reiškia „teisiuosius," įtikėjusius Jėzumi Kristumi savo širdyje ir rodančius savo tikėjimą darbuose. Esate „teisūs" ne dėl to, kad žinote Dievo žodį, bet vien dėl to, kad klausotės Jo įsakymų ir veikiate pagal Jo valią (Mato 7:21).

Biblijoje yra parašyta, pavyzdžiui: „Daryk tai", „Nedaryk to," „Laikykis to," „Atsikratyk štai to." Tik tie, kas gyvena pagal Dievo žodį, yra „teisūs" ir turi dvasinį gyvą tikėjimą. Yra žmonių, kurie iš esmės gyvena teisingai, bet jų negalima pavadinti „teisiais" žmonių ar Dievo akyse. Taigi, reikia žinoti skirtumą tarp Dievo ir žmonių teisumo ir tapti teisiu Dievo akyse.

Pavyzdžiui, jeigu žmogus, laikantis save teisiu, vagia, kas gi patikės, kad jis yra teisus? Jeigu žmonės vadina save „Dievo vaikais," o patys toliau nuodėmiauja ir negyvena pagal Dievo žodį, jų nepavadinsi „teisiais." Tokie žmonės ir yra „blogieji tarp gerųjų."

Dangiškųjų kūnų didybės

Jeigu jūs priimate Jėzų Kristų ir gyvenate tik pagal Dievo žodį, jūs švytėsite Danguje kaip saulė. 1 Korintiečiams 15:40-41 apaštalas Paulius detaliai aiškina dangaus paslaptis:

> *Taip pat yra dangaus kūnai ir žemės kūnai, bet vienokia dangaus kūnų šlovė ir kitokia žemės kūnų. Vienokia yra saulės šlovė, kitokia šlovė mėnulio ir dar kitokia šlovė žvaigždžių. Ir žvaigždė nuo žvaigždės skiriasi šlove.*

Kadangi patekti į dangų galima tik tikėjimu, tas faktas, kad dangaus šlovė skirsis pagal kiekvieno tikėjimo saiką, yra logiškas. Todėl yra saulės šlovė, kitokia šlovė mėnulio ir dar kitokia šlovė žvaigždžių. Ir žvaigždė nuo žvaigždės skiriasi ryškumu.

Pasižiūrėkime į kitą dangaus paslaptį per garstyčios sėklos palyginimą, esantį Mato 13:31-32.

> *Jis pateikė jiems dar vieną palyginimą: „Dangaus karalystė yra kaip garstyčios grūdelis, kurį žmogus ėmė ir pasėjo savo dirvoje. Nors jis mažiausias iš visų sėklų, bet užaugęs būna didesnis už visus augalus ir tampa medeliu; net padangių paukščiai atskridę susisuka lizdus jo šakose"* (Mato 13:31-32).

Garstyčios grūdelis yra toks pat mažas, kaip taškelis, kurį galimą nupiešti tušinuku. Ir toks mažas grūdelis išauga ir tampa dideliu medžiu, net padangių paukščiai atskridę tupi ant jo. Taigi, ko norėjo mus išmokyti Jėzus per garstyčios grūdelio palyginimą? Pamokymai yra tokie: dangus yra pasiekiamas tikėjimu, o tikėjimo saikai būna skirtingi. Tuomet, jeigu dabar turite „mažą" tikėjimą, galite jį išauginti iki „didelio."

Tikėjimas sulig garstyčios grūdeliu

Jėzus sako Mato 17:20: *„Jėzus jiems atsakė: Dėl jūsų netikėjimo. Iš tiesų sakau jums: jei turėtumėte tikėjimą kaip garstyčios grūdelį, jūs tartumėte šitam kalnui: ‚Persikelk iš čia į tenai,' ir jis persikeltų. Ir nieko jums nebūtų neįmanoma."*

Atsakydamas į savo mokinių prašymą „Sustiprink mūsų tikėjimą,"
Jėzus atsakė: „*Jei turėtumėte tikėjimą kaip garstyčios grūdelį, galėtumėte sakyti šitam šilkmedžiui: ,Išsirauk ir pasisodink jūroje,' – ir jis paklausytų jūsų*" (Luko 17:5-6).

Kokia gi tuomet yra šių eilučių dvasinė prasmė? Tai reiškia, kad tikėjimas, toks mažas kaip garstyčios grūdelis, išaugęs taps dideliu tikėjimu, viskas bus įmanoma. Kai žmogus priima Jėzų Kristų, jam yra suteikiamas tikėjimas, mažas, sulig garstyčios grūdeliu. Kai šis grūdelis yra pasėjamas į širdį, jis pradeda dygti. Kai jis išauga ir tampa didelis kaip medis, kur daug paukščių atskrenda ir tupi, tuomet galėsite rodyti Dievo jėgos darbus, kuriuos darė Jėzus: aklieji praregės, kurtieji išgirs, nebylieji prabils, o mirusieji prisikels.

Jeigu manote, kad turite tikėjimą, bet negalite parodyti Dievo jėgos darbų, ir dar turite problemų savo šeimoje ir darbe, taip yra dėl to, kad jūsų tikėjimas mažas kaip garstyčios grūdelis ir dar neišaugo iki didelio medžio aukščio.

Dvasinio tikėjimo augimo procesas

1 Jono 2:12-14 apaštalas Jonas trumpai paaiškina dvasinio tikėjimo augimą.

> „*Rašau jums, vaikeliai, nes dėl Jo vardo atleistos jums nuodėmės. Rašau jums, tėvai, nes pažinote Tą, kuris yra nuo pradžios. Ir jums, jaunuoliai, rašau, nes nugalėjote piktąjį. Rašau jums, vaikeliai, nes pažinote Tėvą. Parašiau jums, tėvai, nes pažinote Tą, kuris yra nuo pradžios. Parašiau jums, jaunuoliai, nes jūs*

stiprūs ir jumyse laikosi Dievo žodis, ir jūs nugalėjote piktąjį."

Turėtumėte žinoti, kad tikėjimo augimas – tai procesas. Reikia vystyti savo tikėjimą, kad jis pasiektų tėvų tikėjimo lygį, kuris leidžia jums žinoti Dievą, kuris buvo nuo laiko pradžių, Nereikia tenkintis vaikų lygio tikėjimu, kai nuodėmės yra atleistos dėl Jėzaus Kristaus.

Be to Jėzus sako Mato 13:33: *„Dangaus karalystė yra kaip raugas, kurį moteris įmaišė trijuose saikuose miltų, ir nuo jo viskas įrūgo."*

Taigi, reikia suprasti, kad išauginti iš mažo garstyčių grūdelio tikėjimo didelį tikėjimą galima labai greitai, kaip raugas prasiskverbia per visą tešlą. Tikėjimas – tai dvasinė dovana, suteikta Dievo, kaip yra parašyta 1 Korintiečiams 12:9.

Dėl dangaus įsigijimo reikia parduoti viską, ką turi

Norint pasiekti dangų, reikia dėti tikras pastangas, nes dangų galima pasiekti tik tikėjimu, o tikėjimo augimas – tai procesas. Net ir šiame pasaulyje reikia sunkiai užsidirbti turtus ir populiarumą, nekalbant jau apie pinigus, kuriuos reikia užsidirbti, pavyzdžiui, namo pirkimui. Mes dedame visas pastangas tam, kad galėtumėme nusipirkti ir išsaugoti tuos turtus, kurių negalime turėti amžinai. Kiek gi daugiau reikia stengtis, kad gautumėte dangaus prabangą ir būstą, kuriuos turėsite amžinai?

Jėzus sako Mato 13:44: *„Dangaus karalystė yra kaip dirvoje paslėptas lobis. Atradęs jį, žmogus tai nuslepia; iš to*

džiaugsmo eina, parduoda visa, ką turi, ir perka tą dirvą."
Jėzus sako Mato 13:45-46: „Vėl su dangaus karalyste yra kaip su pirkliu, ieškančiu gerų perlų. Atradęs vieną brangų perlą, jis eina, parduoda visa, ką turi, ir nusiperka jį."

Taigi, kokios dangaus paslaptys atsiskleidžia per palyginimą apie dirvoje paslėptą lobį ir gerą perlą? Jėzus dažnai pasakojo palyginimus apie daiktus, kurie yra įprasti kasdienybėje. Dabar panagrinėkime palyginimą apie „dirvoje paslėptą lobį."

Vienas neturtingas ūkininkas užsidirbdavo gaudavęs kasdieninį atlyginimą. Vieną dieną jis nuėjo dirbti, nes jo paprašė kaimynas. Ūkininkui buvo pasakyta, kad dirva yra nevaisinga, nes jau ilgą laiką nebuvo naudojama, bet jo kaimynas norėjo pasodinti ten vaismedžių, kad žemė nebūtų tuščia. Ūkininkas sutikto patalkinti. Kartą jis, atlikdamas savo darbus, pajuto, kad jo kastuvo galas atsitrenkė į kažką labai tvirto. Jis kasė toliau ir surado žemėje labai didelį lobį. Ūkininkas, radęs lobį, pradėjo galvoti, kaip galima būtų jį pasisavinti. Jis nusprendė nusipirkti šią žemę, kurioje buvo paslėptas lobis, ir, kadangi laukas buvo nevaisingas ir beveik nenaudingas, ūkininkas pamanė, kad sklypo savininkas be problemų jį parduotų.

Ūkininkas sugrįžo namo ir visą, ką turėjo, pradėjo pardavinėti. Beje, jam nebuvo gaila pardavinėti visą savo turtą, nes jis surado lobį, kuris buvo žymiai vertingesnis už visas jo valdas.

Palyginimas apie dirvoje paslėptą lobį

Ką šis palyginimas apie „dirvoje paslėptą lobį" gali mums pasakyti? Manau, kad suprasite dangaus paslaptį, įsigilinę į palyginimo apie „dirvoje paslėptą lobį" dvasinės prasmės keturis aspektus.

Visų pirma, laukas – tai jūsų širdis, o lobis – tai dangus. Tai reiškia, kad dangus, kaip lobis, yra paslėptas jūsų širdyje.

Dievas sukūrė žmogų, kuris susideda iš dvasios, sielos ir kūno. Dvasia yra sukurta būti žmogaus vadovu, kad jis galėtų bendrauti su Dievu. Siela turi paklusti dvasios įsakams, o kūnas yra skirtas dvasios ir sielos apgyvendinimui. Taigi, žmogus buvo gyvąja dvasia, kaip yra parašyta Pradžios 2:7.

Nuo pat tų laikų, kai pirmasis žmogus Adoms nusidėjo nepaklusdamas, dvasia – žmogaus šeimininkė – mirė, o siela pradėjo jį valdyti. Tada žmonės dar giliau puolė į nuodėmę ir turėjo eiti mirties keliu, nes su Dievu jie jau nebegalėjo komunikuoti. Jie tapo sielos valdomais žmonėmis, o ši dalis yra valdoma mūsų priešo šėtono ir velnio.

Dėl to meilės Dievas siuntė savo vienintelį Sūnų Jėzų į žemę, kad Jis būtų nukryžiuotas ir pralietų savo kraują ir atpirktų žmoniją iš nuodėmių. Tokiu būdu jums atsivėrė išganymo kelias, kad taptumėte šventojo Dievo vaikais ir vėl galėtumėte su Juo bendrauti.

Tuomet, kas priima Jėzų Kristų kaip savo asmeninį Gelbėtoją, gaus Šventąją Dvasią ir jo dvasiai teks atgimti. Be to, toks žmogus gauna teisę tapti Dievo vaiku ir jo širdį pripildys džiaugsmas.

Tai reiškia, kad dvasia pradės bendrauti su Dievu ir kontroliuoti sielą ir kūną vėl, kaip žmogaus šeimininkė. Maža to, jis pradės bijoti Dievo ir laikytis Jo žodžio, ir pildyti savo žmogiškąją pareigą.

Taigi, dvasios atgimimas prilygsta dirvoje paslėpto lobio

radimui. Dangus yra kaip dirvoje paslėptas lobis, nes dangus jau yra jūsų širdyje.

Antra, kadangi žmogus, suradęs dirvoje paslėptą lobį ir apsidžiaugęs, reiškia, kad žmogus, priėmęs Jėzų Kristų ir gavęs Šventąją Dvasią, leidžia savo dvasiai atgimti ir jis supras, kad jo širdyje yra dangus ir dėl to džiaugsis.

Jėzus Mato 11:12 sako: *"Nuo Jono Krikštytojo dienų iki dabar dangaus karalystė grobiama, ir stiprieji ją jėga ima."* Apaštalas Jonas taip pat rašo Apreiškimo 22:14: *"Palaiminti, kurie vykdo Jo įsakymus, kad įgytų teisę į gyvenimo medį ir galėtų įžengti pro vartus į miestą."*

Iš šios vietos galime sužinoti tai, kad ne kiekvienas, priėmęs Jėzų Kristų, nueis į tą pačią buveinę dangaus karalystėje. Kuo daugiau jūs būsite panašūs į Viešpatį ir ištikimi, tuo gražesnę buveinę danguje paveldėsite.

Taigi, mylintys Dievą ir laukiantys dangaus elgsis pagal Dievo žodį visais atžvilgiais ir bus panašūs į Viešpatį, atsikratę viso savo piktumo.

Galite gauti tiek dangaus karalystės, kiek ja pripildote savo širdį, kurioje turi būti tik gerumas ir tiesa. Net gyvendami šioje žemėje būsite laimingi, suprasdami, kad jūsų širdyje yra dangus.

Tokį džiaugsmą patiria žmogus, pirma susitikęs su Jėzumi Kristumi. Jeigu tektų nueiti mirties keliu, kai jau gavote tikrą gyvenimą ir amžiną dangų per Jėzų Kristų, tai atneša daug džiaugsmo! Toks žmogus yra labai dėkingas, nes gali savo širdyje tikėti dangiškąja karalyste. Tokiu būdu ūkininko džiaugsmas dėl dirvoje paslėpto lobio radimo reiškia džiaugsmą dėl Jėzaus

Kristaus priėmimo ir dangiškosios karalystės širdyje turėjimo.

Trečia, lobio paslėpimas po jo radimo reiškia, kad žmogaus mirusi dvasia atgijo ir nori gyventi pagal Dievo valią, bet negali įvykdyti savo sprendimo, nes dar negavo jėgos gyvenimui pagal Dievo žodį.

Ūkininkas negalėjo iš karto iškasti visą lobį, kai tik jį surado. Pirma, jis turėjo parduoti savo turtus ir nusipirkti tą lauką. Tokiu pat būdu ir jūs žinote, kad yra dangus ir pragaras, žinote, kaip galima įžengti į dangų priimant Jėzų Kristų, bet negalite išreikšti to veiksmais, kai tik pradedate klausytis Dievo žodžio.

Kadangi prieš priėmę Jėzų Kristų gyvenote nuodėmingai ir ne pagal Dievo žodį, jūsų širdyje dar pasilieka daug netiesos. Tačiau jeigu neatsikratysite viso, kas yra neteisinga, išpažindami savo tikėjimą Dievu, šėtonas ir toliau ves jus į tamsą, kad negalėtumėte gyventi pagal Dievo žodį. Lygiai taip, kaip tas ūkininkas pardavęs visą, ką turėjęs, nusipirko žemę, jūs irgi galite surasti lobį savo širdyje tik tuomet, kai bandysite atsikratyti netiesos minčių ir turėsite ištikimą širdį, kurios nori Dievas.

Taigi, turite sekti tiesa, o tai yra Dievo žodis, priklausyti nuo Dievo ir uoliai melstis. Tik tuomet išgaruos netiesa ir gausite jėgą, kuri leis jums veikti ir gyventi pagal Dievo žodį. Nepamirškite, kad dangus yra skirtas tik tokiems žmonėms.

Ketvirta, parduoti viską, ką turi, reiškia panaikinti visą netiesą, susijusią su jūsų siela, kad mirusioji dvasia atgimtų ir taptų šeimininke.

Kai pabus jūsų mirusi dvasia, suprasite, kad dangus yra. Reikia žengti į dangų, naikinant visas netiesos mintis, kurios yra iš sielos ir yra kontroliuojamos šėtono, ir rodant tikėjimą savo darbuose. Pagal tą patį principą viščiukas turi pramušti lukštą, kad išeitų į šį pasaulį.

Taigi, jums reikia atsikratyti visų kūniškų veiksmų ir norų, jeigu pilnai norite patekti į dangų. Be to, reikia tapti sveikos dvasios žmogumi, ir visiškai atspindėti dieviškąją Viešpaties prigimtį (1 Tesalonikiečiams 5:23).

Kūno darbai yra širdies piktumo įkūnijimas, kuris baigiasi veiksmu. Kūno norai – tai visos nuodėmės prigimtys širdyje, kurios bet kuriuo metu gali pasireikšti darbais, net ir tuomet, kai tai dar neatsispindi darbuose. Pavyzdžiui, jeigu jūsų širdyje yra neapykanta, tai yra kūno noras, o jeigu ši neapykanta pasireiškia kito žmogaus mušimu, tai jau yra kūno darbas.

Galatams 5:19-21 aiškiai parašyta: *„Kūno darbai aiškūs – tai paleistuvavimas, ištvirkavimas, netyrumas, gašlavimas, stabmeldystė, burtininkavimas, priešiškumai, nesantaikos, pavyduliavimai, piktumai, vaidai, nesutarimai, susiskaldymai, pavydai, žmogžudystės, girtavimai, orgijos ir panašūs dalykai. Įspėju jus, kaip jau esu įspėjęs, jog tie, kurie taip daro, nepaveldės Dievo karalystės."*

Taip pat Romiečiams 13:13-14 parašyta: *„Kaip dieną, elkimės dorai: nepasiduokime apsirijimui ir girtavimui, gašlavimui ir paleistuvavimui, vaidams ir pavydui, bet apsirenkite Viešpačiu Jėzumi Kristumi ir netenkinkite kūno geidulių,"* o Romiečiams 8:5 sakoma: *„Kurie gyvena pagal kūną, tie mąsto kūniškai, o kurie gyvena pagal Dvasią – dvasiškai."*

Taigi, parduoti viską, ką turi, reiškia panaikinti visą netiesą, prieštaraujančią jūsų sieloje Dievo valiai, ir atsikratyti visų kūniškų veiksmų ir norų, kurie yra prieš Dievo žodį, ir viso kito, ką mylėjote daugiau negu Dievą.

Jeigu nenustosite varyti lauk savo nuodėmių ir piktumo, jūsų dvasia atgims dar labiau, ir taip galėsite gyventi pagal Dievo žodį ir pildyti Šventosios Dvasios norus. Galų gale, tapsite dvasios žmogumi, ir visiškai atspindėsite dieviškąją Viešpaties prigimtį (Filipiečiams 2:5-8).

Turi tiek dangaus, kiek jo turi sukaupęs širdyje

Žmogus, užsidirbantis dangų tikėjimu, yra tas, kuris parduoda viską, atsikratydamas viso pikto ir pasiekdamas dangaus savo širdyje. Kai galiausiai ateis Viešpats, dangus, kuris atrodė lig šešėlis, taps realybe ir tam žmogui atsivers amžinasis dangus. Žmogus, užsitarnaujantis dangų, yra pats turtingiausias žmogus, net jeigu jis paliko viską, ką turėjo šiame pasaulyje. O žmogus, neužsitarnavęs dangaus, yra pats skurdžiausias žmogus, kuris realiai nieko neturi, net jeigu turėtų viską šiame pasaulyje. Taip yra dėl to, kad viskas, ko jums reikia, yra Jėzuje Kristuje, o viskas, ko nėra Jėzuje Kristuje, yra beverčiai dalykai, nes po mirties tokio žmogaus lauks tik amžinasis teismas.

Būtent dėl to Matas sekė Jėzumi, palikęs savo profesiją. Būtent dėl to Petras sekė Jėzumi, palikęs savo valtį ir tinklus. Net apaštalas Paulius, priėmęs Jėzų Kristų, visą kitą laikė šiukšlėmis. Visi šie apaštalai galėjo taip elgtis dėl to, kad jie norėjo surasti lobį, kuris yra brangesnis už bet ką šiame pasaulyje, ir iškasti jį.

Taip ir jūs turite parodyti savo tikėjimą veiksmais, paklusdami tikram žodžiui ir atsikratydami visos netiesos, kuri prieštarauja Dievui. Reikia pasiekti dangiškosios karalystės savo širdyje parduodant visą netiesą, pavyzdžiui, užsispyrimą, pasipūtimą, išdidumą, kuriuos iki šiol laikėte lobiu savo širdyje.

Taigi, neieškokite šio pasaulio dalykų, verčiau parduokite viską, ką turite, pasiekite dangų savo širdyje ir paveldėsite amžinąją dangaus karalystę.

3. Mano Tėvo namuose daug buveinių

Jono 14:1-3 matote, kad danguje yra daug buveinių, ir Jėzus Kristus nuėjo paruošti jums danguje vietą.

> *„Tenebūgštauja jūsų širdys! Tikite Dievą – tikėkite ir mane! Mano Tėvo namuose daug buveinių. Jeigu taip nebūtų, būčiau jums pasakęs. Einu jums vietos paruošti. Kai nuėjęs paruošiu, vėl sugrįšiu ir jus pas save pasiimsiu, kad jūs būtumėte ten, kur ir Aš."*

Viešpats nuėjo paruošti jums dangiškąją vietą

Prieš pat Jėzaus suėmimą ir nukryžiavimą Jis papasakojo savo mokiniams, kas įvyks ateityje. Pažvelgęs į savo mokinius, kurie buvo susijaudinę, kai sužinojo apie Judo Iskarijoto išdavystę, Petro išsigynimą, Jėzaus mirtį, Jis paguodė juos, papasakojęs jiems apie buveines danguje.

Štai kodėl Jis pasakė: *„Mano Tėvo namuose daug buveinių.*

Jeigu taip nebūtų, būčiau jums pasakęs. Einu jums vietos paruošti." Jėzus buvo nukryžiuotas ir tikrai prisikėlė po trijų dienų, sulaužęs mirties valdžią. Toliau, praėjus keturiasdešimčiai dienų, Jis pakilo į dangų daugelio žmonių akivaizdoje, kad paruoštų jums vietą.

Tuomet ką gi reiškia: „Einu jums vietos paruošti?" Kaip yra parašyta 1 Jono 2:2: *„Jis [Jėzus] yra permaldavimas už mūsų nuodėmes, ir ne tik už mūsų, bet ir už viso pasaulio,"* ir tai reiškia, kad Jėzus sugriovė nuodėmių sieną tarp žmonių ir Dievo, kad kiekvienas tikėjimu galėtų pasiekti dangų.

Be Jėzaus Kristaus nuodėmių siena tarp Dievo ir jūsų negalėtų būti sugriauta. Senajame Testamente, kai žmogus nusidėdavo, jis atnašaudavo gyvūną, kaip atperkančiąją auką už savo nuodėmes. Tačiau Jėzus davė jums galimybę gauti atleidimą ir būti šventiems, pasiaukodamas vieną kartą (Žydams 10:12-14).

Tik per Jėzų Kristų nuodėmių siena tarp Dievo ir jūsų gali sugriūti, ir tuomet gausite šį palaiminimą – įžengsite į dangaus karalystę ir džiaugsitės gražiu ir laimingu amžinu gyvenimu.

„Mano Tėvo namuose daug buveinių"

Jėzus Jono 14:2 sako: *„Mano Tėvo namuose daug buveinių."* Viešpaties širdis, kuri nori, kad kiekvienas išsigelbėtų, atsiveria šioje eilutėje. Tarp kita ko, kodėl Jėzus pasakė „Mano Tėvo namuose," o ne „dangiškoje karalystėje?" Todėl, kad Dievui reikia ne „piliečių," o „vaikų," su kuriais Jis amžinai kaip Tėvas dalinsis savo meile.

Danguje valdo Dievas, ir ten yra pakankamai vietos visiems tiems, kurie bus išgelbėti tikėjimu. Be to, tai yra graži ir fantastiška vieta, kurios nepalyginsi su šiuo pasauliu. Dangiškoje karalystėje, kurios platumas yra neįsivaizduojamas, gražiausia ir šlovingiausia vieta yra Naujoji Jeruzalė, kur yra Dievo sostas. Dievo sostas yra Naujoje Jeruzalėje, lygiai taip pat, kaip Korėjos sostinėje Seule yra prezidento rūmai „Čiong Va Dei," o Jungtinių Valstijų sostinėje Vašingtone prezidento rezidencija yra Baltuosiuose Rūmuose, Vašingtone.

Tuomet kur yra Naujoji Jeruzalė? Ji yra dangaus centre, tai vieta, kur tikėjimo žmonės, įtikę Dievui, gyvens amžinai. O pačiame dangaus pakraštyje yra Rojus. Ten gyvens tie, kurie kaip vienas iš plėšikų, nukryžiuotas šalia Jėzaus, priėmęs Jėzų Kristų buvo išgelbėtas, bet nepadarė nieko dėl Dievo karalystės.

Dangaus buveinės išduodamos pagal tikėjimo saiką

Kodėl Dievas paruošė daug buveinių danguje savo vaikams? Dievas teisus, Jis leidžia mums pjauti tai, ką pasėjome (Galatams 6:7), ir apdovanoja mus pagal tai, ką nuveikėme (Mato 16:27; Apreiškimo 2:23). Štai kodėl atitinkamai kiekvieno žmogaus tikėjimo saiko Jis paruošė buveines.

Romiečiams 12:3 sakoma: *„Iš man suteiktos malonės raginu kiekvieną iš jūsų nemanyti apie save geriau negu dera manyti, bet manyti apie save blaiviai, pagal kiekvienam Dievo duotąjį tikėjimo saiką."*

Taigi, turite suprasti, kad kiekvieno individo buveinė ir šlovė danguje skirsis priklausomai nuo jo tikėjimo saiko.

Kiek jūs atspindėsite Dievo širdį, tokia jums ir bus paskirta buveinė danguje. Buveinė amžinajame danguje bus paskirta pagal tai, kiek dangaus jūs sukaupėte savo širdyje, būdami dvasingu žmogumi.

Pavyzdžiui, jeigu vaikas ir suaugęs žmogus varžytųsi sporto rungtynėse arba dalyvautų diskusijoje. Vaikų ir suaugusiųjų pasauliai yra tokie skirtingi, kad vaikams greitai nusibostų būti su vyresniaisiais. Vaikų mąstysena, kalba ir veiksmai labai skiriasi nuo suaugusiųjų. Vaikams būtų įdomu žaisti su vaikais, jaunuoliams su jaunuoliais, suaugusiems su suaugusiais.

Tas pats ir dvasiškai. Kadangi visi mes skiriamės savo dvasia, meilės ir teisumo Dievas paskirstė dangaus buveines pagal tikėjimo saiką, kad Jo vaikai gyventų laimingai.

Viešpats ateis, kai paruoš dangiškąsias buveines

Jono 14:13 matote, Viešpats pažadėjo, kad sugrįš ir paims jus į dangaus karalystę, paruoš jums danguje vietą.

Pavyzdžiui, jeigu būtų toks žmogus, kuris kadaise buvo gavęs Dievo malonę ir surinko daug atlygių danguje, kadangi buvo ištikimas. Tačiau, jei jis sugrįžtų į pasaulietišką gyvenimą, jis prarastų savo išganymą ir atsirastų pragare. Taip jo daugybė dangiškųjų atlygių taps beverčiais. Netgi jei nepatektų į pragarą, jo atlygiai vis tiek gali neužsiskaityti jam.

Kartais jo atlygiai gali sumažėti dėl to, kad jis apvils Dievą niekindamas Jį, nors anksčiau buvo ištikimas, arba jeigu jis sugrįš į savo ankstesnį lygį ir net jei savo krikščioniškame gyvenime liks tame pačiame lygyje, nors turėtų vien tik žengti į priekį.

Tačiau, Viešpats prisimins viską, ką jūs padarėte ar bandėte padaryti dėl Dievo karalystės, kai buvote ištikimi. Be to, jeigu pašventinsite savo širdį, apipjaustę ją Šventąja Dvasia, būsite su Viešpačiu, kai Jis sugrįš ir gausite palaiminimą, nes galėsite gyventi danguje, vietoje, kuri švyti kaip saulė. Kadangi Viešpats nori, kad visi Dievo vaikai būti tobuli, Jis pasakė: *"Kai nuėjęs paruošiu, vėl sugrįšiu ir jus pas save pasiimsiu, kad jūs būtumėte ten, kur ir Aš."* Jėzus nori, kad būtumėte švarūs, kaip pats Viešpats, laikydamiesi vilties žodžio.

Kai Jėzus visiškai išpildė Dievo valią ir didžiai Jį pašlovino, Dievas pašlovino Jėzų ir davė Jam naują vardą: „karalių Karalius, viešpačių Viešpats." Taip ir jūs – kiek pašlovinsite Dievą šiame pasaulyje, tiek Dievas jus įves į šlovę. Kiek atspindėsite Dievą ir kiek būsite Jo mylimi, tiek arčiau prie Dievo sosto danguje gyvensite.

Dangaus buveinės laukia savo šeimininkų, Dievo vaikų, kaip nuotakos, pasiruošusios priimti savo jaunikius. Štai kodėl apaštalas Jonas rašo Apreiškimo 21:2: *"Ir aš, Jonas, išvydau šventąjį miestą – naująją Jeruzalę, nužengiančią iš dangaus nuo Dievo; ji buvo pasiruošusi kaip nuotaka, pasipuošusi savo sužadėtiniui."*

Geriausi gražios šio pasaulio nuotakos santykiai yra nepalyginami su dangaus buveinių jaukumu ir laime. Dangaus namai turi viską ir suteikia viską, nes gali skaityti šeimininkų mintis, ir taip jie gali laimingiausiai gyventi amžinai.

Patarlių 17:3 parašyta: *"Kaip sidabras ir auksas ištiriamas ugnyje, taip Viešpats tiria žmogaus širdį."* Taigi, meldžiu Viešpaties Jėzaus Kristaus vardu, kad suprastumėte, jog Dievas tobulina žmones, kad būtumėme tikrais Jo vaikais, tad pasišventinkite Naujosios Jeruzalės viltimi ir iš visų jėgų stenkitės patekti į geriausias dangaus vietas, būdami ištikimi visuose Dievo namuose.

5 skyrius

Kaip mes gyvensime Danguje?

1. Bendras gyvenimo būdas Danguje

2. Rūbai Danguje

3. Maistas Danguje

4. Transportas Danguje

5. Pramogos Danguje

6. Garbinimas, švietimas ir kultūra Danguje

*Taip pat yra dangaus kūnai ir žemės kūnai,
bet vienokia dangaus kūnų šlovė
ir kitokia žemės kūnų.
Vienokia yra saulės šlovė,
kitokia šlovė mėnulio
ir dar kitokia šlovė žvaigždžių.
Ir žvaigždė nuo žvaigždės skiriasi šlove.*

- 1 Korintiečiams 15:40-41 -

Dangaus laimė yra nepalyginama net su geriausiais ir puikiausias dalykais šioje žemėje. Net jeigu kartu su šeima mėgaujatės paplūdimiu su horizonto vaizdu, tokia laimė yra laikina ir apgaulinga. Jūsų prote vis tiek lieka susirūpinimų, su kuriais susitiksite grįžę į kasdieninį gyvenimą. Jeigu toks jūsų gyvenimo būdas užsitęs mėnesį arba du, arba netgi metus, jis greitai jums pabos, pradėsite ieškoti ko nors naujesnio.

Tačiau, gyvenimas danguje, tviskantis ir gražus kaip krištolas, yra tikra laimė, nes viskas yra nauja, paslaptinga, džiaugsminga ir nuolat laiminga. Jūs galite puikiai leisti laiką su Dievu Tėvu ir Viešpačiu, arba galite kiek tik norite mėgautis pamėgtais užsiėmimais, žaidimais ir visais kitais įdomiais dalykais. Panagrinėkime, kaip Dievo vaikai gyvens, kai pateks į dangų.

1. Bendras gyvenimo būdas Danguje

Kadangi mūsų fizinis kūnas pasikeis ir taps dvasiniu, kuris danguje bus sudarytas iš dvasios, sielos ir kūno, jūs galėsite atpažinti savo žmoną, vaikus ir tėvus. Taip pat atpažinsite savo ganytoją, kuris buvo pastoriumi šioje žemėje. Be to, prisiminsite tai, kas buvo pamiršta šiame gyvenime. Būsite labai išmintingi, nes galėsite atskirti ir suprasti Dievo valią.

Jums gali kilti klausimas: „Ar mano nuodėmės bus atskleistos danguje?" Taip nebus. Jeigu jau atgailavote, Dievas neprisimins jūsų nuodėmių, jos bus toli, kaip rytai nuo vakarų (Psalmių 103:12), bus prisimenami tik jūsų geri darbai, nes visos jūsų

nuodėmės jau bus pamirštos, kai pateksite į dangų.
O kai būsite danguje, kaip jūs pasikeisite ir kaip gyvensite?

Dangiškasis kūnas

Žmonės ir gyvūnai šioje žemėje turi savo formas, kiekvieną padarą galima atpažinti, ar tai būtų dramblys, liūtas, erelis ar žmogus.

Kaip šiame trimačiame pasaulyje yra savo formomų kūnai, danguje, t.y. keturmačiame pasaulyje, taip pat yra unikalus kūnas. Jis yra vadinamas dangiškuoju kūnu. Tokiu būdu galėsite atpažinti vienas kitą danguje. Taigi, kaip atrodys dangiškasis kūnas?

Kai Viešpats sugrįš ore, kiekvienas iš jūsų pasikeis – gaus prisikėlusį, t.y. dvasinį, kūną. Po Didžiojo Teismo šis prisikėlęs kūnas transformuosis į dangiškąjį kūną, kuris yra aukštesnio lygio. Šis dangiškasis kūnas švytės šlovės šviesa, kurios intensyvumas priklausys nuo individo atlygių.

Dangiškasis kūnas turi kaulus ir mėsą, kaip Jėzaus kūnas iš karto po prisikėlimo (Jono 20:27), tačiau tai yra naujas kūnas, susidedantis iš dvasios, sielos ir nenykstančio kūno. Mūsų nykstantis kūnas pasikeis ir taps nauju kūnu per Dievo žodį ir galią.

Dangiškasis kūnas turės nenykstančius kaulus, jis švytės, nes bus atnaujintas ir švarus. Net jeigu neturite rankos ar kojos, ar esate invalidu, dangiškasis kūnas bus tobulas.

Dangiškasis kūnas nėra blankus kaip šešėlis, jis turi aiškią formą ir nėra valdomas laiko ar erdvės. Štai kodėl Jėzus galėjo pasirodyti savo mokiniams po savo prisikėlimo ir galėjo pereiti pro sienas (Jono 20:26).

Mūsų kūnas žemėje turės raukšlių ir sustabarės, kai pasens, bet dangiškasis kūnas bus atnaujintas, nenykstantis, tad visuomet bus jaunas ir švytės kaip saulė.

Trisdešimt trijų metų amžius

Daugeliui kyla klausimas, ar dangiškasis kūnas bus kaip suaugusio žmogaus, ar kaip vaiko. Danguje visi bus amžinai jauni, trisdešimt trijų metų amžiaus (kaip Jėzus, kai Jis buvo nukryžiuotas šioje žemėje), nepriklausomai nuo to, ar žmogus mirė jaunas, ar senas.

Kodėl Dievas nori, kad gyventumėte danguje amžinai trisdešimt trijų metų amžiaus? Kaip saulė ryškiausiai šveičia vidudienį, taip ir žmogaus gyvenime trisdešimt trijų metų amžius yra viršūnė.

Tie, kuriems yra mažiau negu trisdešimt trys, gali būti dar nelabai subrendę ar patyrę, o tie, kam yra virš keturiasdešimt, praranda savo jėgas, nes jau sensta. O trisdešimt trijų metų amžiaus žmonės yra subrendę ir gražūs visais atžvilgiais. Be to, dauguma iš jų susituokia, pagimdo vaikus ir juos auklėja, tuo pačiu galėdami suprasti Dievo, ugdančio žemėje žmogiškąsias būtybes, širdį.

Taip Dievas pakeis jūsų kūną ir jis taps dangišku, kad visuomet galėtumėte mėgautis jaunu trisdešimt trijų metų amžiumi – gražiausiu žmogaus gyvenimo amžiumi – danguje.

Nėra biologinių santykių

Jeigu amžinai gyventumėte danguje tokios fizinės išvaizdos, kurią turėjote palikdami į pasaulį, tai būtų nelogiška. Pavyzdžiui, jeigu žmogus mirtų būdamas keturiasdešimties metų, jis nueitų į dangų. Jo sūnus mirtų būdamas penkiasdešimties metų, o anūkas – devyniasdešimties, ir jie patektų į dangų. Kai jie visi susitiktų danguje, anūkas būtų vyriausias, o senelis būtų jauniausias.

Todėl danguje, kurį valdo Dievas savo teisumu ir meile, visi bus trisdešimt trijų metų amžiaus, ir šios žemės biologiniai santykiai neturės reikšmės.

Nieko nevadinsime „tėvu," „motina," „sūnumi" ar „dukra" danguje, nors žemėje ir buvome tėvais ir vaikais. Juk ten būsime visų Dievo vaikų broliais ir seserimis. Kadangi tie žmonės žinos, kad žemėje jie buvo tėvais ir vaikais ir labai mylėjo vienas kitą, jie galės mylėti vienas kitą ypatingai.

Tačiau, kas bus, jeigu motina pateks į Antrąją dangaus karalystę, o jos sūnus – į Naująją Jeruzalę? Žinoma, šioje žemėje sūnus turi tarnauti motinai. Tačiau danguje motina nusilenks prieš savo sūnų, nes jis labiau atspindės Dievą Tėvą, ir šviesa, kuria spindės jo dangiškas kūnas, bus žymiai ryškesnė negu jos pačios.

Taigi, žemiškais titulais ir vardais jus ten nieko nevadinsite, Dievas Tėvas suteiks visiems naujus, tinkamus, dvasines prasmes turinčius vardus. Net ir šioje žemėje Dievas pakeitė Abromo vardą į Abraomą, Sarajos – į Sarą, Jokūbo – į Izraelį (kuris reiškia „kovojęs su Dievu nugalėjo").

Skirtumas tarp vyrų ir moterų Danguje

Danguje nebus santuokų, tačiau tarp moterų ir vyrų bus aiškus skirtumas. Visų pirma, vyrai bus 183-188 cm ūgio, o moterys bus maždaug 10 cm žemesnės.

Kai kurie žmonės pernelyg sielojasi dėl savo žemo arba aukšto ūgio, bet danguje tokios problemos nėra. Be to, nereikia rūpintis dėl svorio, nes visi turės geriausią ir tinkamiausią figūrą.

Dangiškas kūnas nejaučia svorio, nors ir atrodo turįs svorio, jeigu užminsite ant gėlių, jos nesulūš ir nenubyrės. Jo svorio nepamatuosite, bet jis yra labai stabilus, vėjas jo nenuneš. Turėti nejaučiamą svorį reiškia turėti formą ir išvaizdą. Pavyzdžiui, kai pakeliate popieriaus lapą, jūs nejaučiate jo svorio, bet žinote, kad jis kažkiek sveria.

Plaukai bus balti ir truputėlį garbanoti. Vyrų plaukai bus iki kaklo, o moterų plaukų ilgis skirsis. Ilgi moters plaukai reiškia, kad ji gavo didelius atlygius, ilgiausi plaukai sieks iki liemens. Taigi, jeigu moteris turi ilgus plaukus – tai yra jos didžioji šlovė (1 Korintiečiams 11:15).

Šioje žemėje dauguma moterų nori turėti baltą ir švelnią odą. Jos naudoja kosmetines priemones, kad jų oda išliktų stangri ir minkšta, be raukšlių. Danguje visi turės idealią odą – baltą, šviesią, švarią, švytinčią šlovės šviesa.

Be to, kadangi danguje nebus blogio, nereikės naudoti makiažą arba rūpintis dėl išorės, nes viskas ten atrodys gražiai. Šlovės šviesa, spindinti per dangiškąjį kūną, švytės baltai, šviesiai ir ryškiai, ir tai priklausys nuo žmogaus visiško pasišventinimo ir Viešpaties širdies atspindėjimo. Taip bus išlaikoma tvarka ir tokiu būdu bus sprendžiama apie ją.

Dangiškųjų žmonių širdys

Žmonės su dangišku kūnu turės pačios dvasios širdį, t.y.

dieviškąją prigimtį be jokio piktumo. Žmonės noriai įsigyja daiktus ir prisiliečia prie visko, kas yra gera ir gražu šioje žemėje, tad net ir žmonės su dangišku kūnu nori jausti kitų grožį, žiūrėti į juos, prisiliesti ir gėrėtis. Tačiau savanaudiškumo ar pavydo ten visai nėra.

Be to, šioje žemėje žmonės viską keičia dėl savo naudos, viskas jiems atsibosta, net jeigu tai yra gražūs ir geri daiktai. Dangiško kūno turėtojų širdys neturi gudrumo ir niekada nesikeičia.

Pavyzdžiui, šioje žemėje vargingieji gali net pigų ir nekokybišką maistą valgyti su malonumu. Kai jie pasidaro turtingesni, jiems jau netinka tai, kas jiems buvo skanu, jie ieško vis geresnio maisto. Jeigu vaikams nupirksite naują žaislą, pirma jie bus labai patenkinti, bet praeis kelios dienos ir jiems tas žaislas įgrįs, jie norės naujo. Tačiau danguje tokio nusistatymo nebūna, jei kas nors tau patiko, tu mėgsi tai visuomet.

2. Rūbai Danguje

Kai kuriems gali atrodyti, kad danguje bus tokie patys rūbai, tačiau jie klysta. Dievas Kūrėjas ir Teisusis Teisėjas atsilygina žmonėms už tai, ką jie padarė. Taigi, kadangi atlygiai danguje būna skirtingi, tai ir rūbai skirsis pagal darbus, padarytus šioje žemėje (Apreiškimo 22:12). Tuomet kokie gi danguje bus rūbai? Kaip juos puošime?

Dangiškieji rūbai: skirtingų spalvų ir stilių

Danguje apskritai visi dėvi šviesius, baltus ir blizgius rūbus. Jie yra minkšti lyg šilkas ir tokie lengvi, lyg visiškai nieko nesvertų, jie gražiai plėvesuoja.

Kadangi kiekvieno individo pašventinimo lygiai yra skirtingi, rūbų šviesa ir ryškumas skiriasi priklausomai nuo žmogaus. Kuo daugiau asmuo atspindi šventą Dievo širdį, tuo ryškiau ir puikiau jo rūbai švytės.

Be to, priklausomai nuo darbų Dievo karalystės labui ir Jo šlovinimo, bus atitinkamai paskirstyti įvairių stilių, medžiagų ir tipų rūbai.

Šioje žemėje žmonės dėvi įvairius rūbus pagal savo socialinę ir ekonominę padėtį. Taip ir danguje, kuo aukštesnė bus jūsų padėtis, tuo spalvingesni ir stilingesni bus jūsų rūbai. Dar skirsis šukuosenos ir papuošalai.

Be to, net ir senovės laikais žmonės atpažindavo kitų socialinę klasę vien pagal jų rūbų spalvas. Taip pat ir dangiškieji žmonės gali atpažinti padėtį ir atlygių kiekį, duotus žmogui danguje. Specifinių spalvų drabužiai ir stiliai, kurie bus visi skirtingi, reiškia, kad žmogus gavo didesnę šlovę.

Taigi, įžengusieji į Naująją Jeruzalę arba daug dirbę dėl Dievo karalystės gauna gražiausius, spalvingiausius ir puikiausius rūbus.

Jeigu nedaug padarėte dėl Dievo karalystės, jūs gausite mažai drabužių danguje. Kita vertus, jeigu daug darbavotės su meile ir tikėjimu, galėsite gauti daugybę įvairiaspalvių ir stilingų rūbų.

Dangiškieji rūbai su skirtingais papuošimais

Dievas duos rūbus su skirtingais papuošalais, kurie rodys kiekvieno šlovę. Lygiai taip pat, kaip senovės karališkoji šeima rodydavo savo statusą įvairias papuošalais ant drabužių, danguje rūbų papuošalai rodys žmogaus dangišką poziciją ir šlovę.

Į dangiškus rūbus gali būti įsiūti padėkos, šlovinimo, maldos, džiaugsmo, šlovės ir pan. papuošalai. Jeigu šiame gyvenime giedate gyrius su dėkingu protu už Dievo Tėvo ir Viešpaties meilę ir malonę, arba, kai giedate, šlovindami Dievą, Jam jūsų širdis yra lyg malonus aromatas, tuomet Jis įdeda į jūsų dangiškus rūbus gyriaus papuošalą.

Džiaugsmo ir padėkos papuošalai bus gražiai padovanoti žmonėms, kurie buvo iš tikrųjų džiaugsmingi ir dėkingi savo širdyse ir nepamiršdavo apie Dievo Tėvo malonę, suteikusią amžinąjį gyvenimą ir dangaus karalystę net per bėdas ir išbandymus šioje žemėje.

Toliau, maldos papuošalai bus duoti tiems, kas savo gyvenime meldėsi už Dievo karalystę. Tarp visų šitų papuošalų gražiausi yra šlovės papuošalai. Juos užsitarnauti yra sunkiausia. Jie yra duodami tik tiems, kas padarė viską dėl Dievo šlovės ištikimomis širdimis. Kaip karalius ar prezidentas įteikia specialų medalį arba garbės medalius kareiviams, kurie ypatingai pasižymėjo savo tarnyboje, šis šlovės papuošalas yra suteikiamas ypatingai tiems, kurie iš visų jėgų darbavosi dėl Dievo karalystės ir atnešė Jam didelę šlovę. Taigi, žmogus, dėvintis rūbus su šlovės papuošalais, yra pats didingiausias dangaus karalystėje.

Karūnų ir brangakmenių atlygiai

Danguje yra daugybė brangakmenių. Kai kurie brangakmeniai yra duodami kaip atlygiai ir uždedami ant drabužių. Apreiškimo knygoje skaitome, kad Viešpats dėvi auksinę karūną ir juostą ant krūtinės, tai taip pat yra apdovanojimai, suteikti Jam Dievo.

Biblijoje yra minimos įvairiausios karūnos (vainikai). Karūnų išdavimo kriterijai ir jų vertės skiriasi, kadangi jos yra duodamos kaip apdovanojimai.

Yra išduodami įvairiausi vainikai pagal kiekvieno žmogaus darbus, pavyzdžiui, nevystanti karūna, duodama varžybų dalyviams (1 Korintiečiams 9:25), šlovės vainikas duodamas tiems, kurie šlovino Dievą (1 Petro 5:4), gyvenimo vainikas – tiems, kurie yra ištikimi net, jei tektų už tai mirti (Jokūbo 1:12; Apreiškimo 2:10), auksines karūnas dėvi 24 vyresnieji aplink Dievo sostą (Apreiškimo 4:4, 14:14), bei teisumo vainikas, kurio taip troško apaštalas Paulius (2 Timotiejui 4:8).

Be to, yra daugelio formų vainikai, papuošti brangakmeniais, pavyzdžiui, auksu papuoštas vainikas, gėlių karūna, perlų karūna ir pan. Pagal jūsų gaunamą karūną galima atpažinti jūsų šventumą ir apdovanojimus.

Šioje žemėje visi gali nusipirkti brangakmenių, jeigu turi pinigų, tačiau danguje galima turėti brangenybių tik tuomet, jei jos yra suteikiamos kaip apdovanojimai. Tokie veiksniai, kaip jūsų į išgelbėjimą atvestų žmonių kiekis, paaukojimų, kuriuos atidavėte iš tyros širdies, skaičius bei jūsų ištikimybės laipsnis nustatys įvairius suteikiamus atlygius. Taigi, brangenybės ir karūnos turi būti skirtingos, nes jos yra suteikiamos už kiekvieno darbus. Be to, jų šviesa, grožis ir puikumas bei brangenybių ir karūnų skaičius taip pat bus skirtingas.

Tas pats ir su buveinėmis bei namais danguje. Buveinės skiriasi pagal kiekvieno individo tikėjimą; aukso ir kitų brangenybių asmeniniams namams dydis, grožis ir ryškumas skirsis. Apie dangaus buveines daugiau sužinosite perskaitę 6 šios knygos skyrių.

3. Maistas Danguje

Kai pirmieji žmonės Adomas ir Ieva gyveno Edeno sode, jie maitinosi tik vaisiais ir sėklą turinčiais augalais (Pradžios 1:29). Tačiau, kai Adomas dėl nepaklusnumo buvo išvarytas iš Edeno sodo, jie pradėjo valgyti lauko augalus. Po didžiojo tvano žmonėms buvo leista valgyti mėsą. Kai žmogus pasidarydavo vis piktesnis, kito ir maistas.

Tuomet, ką gi valgysite danguje, kur nėra jokio blogio? Jums gali kilti klausimas, ar dangiškasis kūnas taip pat turi valgyti. Danguje galėsite gerti Gyvenimo Vandenį, valgyti ir uostyti daugybę vaisių, kad būtumėte džiaugsmingi.

Dangiškojo kūno kvėpavimas

Mes, žmonės, kvėpuojame žemėje, o dangiškieji kūnai kvėpuoja danguje. Žinoma, dangiškasis kūnas gali net ir nekvėpuoti, bet kvėpuodamas jis gali pasiilsėti, kaip tai yra daroma ir šioje žemėje. Taigi, jis galės kvėpuoti net tik nosimi ir burna, bet ir akimis ir visomis kūno ląstelėmis, net širdimi.

Dievas įkvepia mūsų širdžių skleidžiamus smilkalus, nes Jis yra Dvasia. Jis buvo patenkintas teisiųjų širdžių maloniu kvapu Senojo Testamento laikais (Pradžios 8:21). Naujajame Testamente Jėzus, tyras ir nepriekaištingas, pasiaukojo dėl mūsų, – taip buvo atnašauta auka Dievui, gardus aromatas (Efeziečiams 5:2).

Taigi, Dievas užuodžia jūsų širdies aromatą, kai garbinate, meldžiatės ar giedate gyrių ištikima širdimi. Kuo daugiau atspindite Viešpatį ir pasidarote teisus, tuo daugiau galite skleisti Kristaus aromatą ir už tai būti priimtas, kaip brangioji

Dievui atnaša. Dievas priima jūsų gyrius ir maldas maloniai jas įkvėpdamas.

Mato 26:29 skaitome apie tai, kad Viešpats meldžiasi už jus nuo to laiko, kai pakilo į dangų, nevalgęs nieko per paskutinius du tūkstantmečius. Taip ir danguje dangiškasis kūnas gali gyventi net ir be maisto ir nekvėpuodamas. Jūs gyvensite amžinai, kai pateksite į dangų, nes tapsite dvasiniu kūnu, kuris nevysta.

Bet kai dangiškasis kūnas kvėpuoja, jis yra laimingesnis ir džiaugsmingesnis, nuo to dvasia atsinaujina ir atgyja. Žmonės subalansuoja savo mitybą, kad palaikytų sveikatą, taip ir dangiškasis kūnas mėgaujasi įkvėpdamas gardų aromatą danguje.

Dangiškasis kūnas užuodžia daugybės gėlių ir vaisių aromatus. Net jeigu gėlės skleidžia vienodą aromatą, šis kūnas visuomet bus laimingas ir patenkintas.

Be to, kai dangiškasis kūnas įkvepia puikų gėlių ir vaisių aromatą, jis įsigeria į kūną kaip kvepalai. Kūnas toliau skleidžia šį aromatą, kol tas neišnyks. Jeigu žemėje jums malonu pasikvėpinti kvepalais, taip ir dangiškasis kūnas yra laimingesnis, kai užuodžia puikų aromatą.

Šalinimas per kvėpavimą

Kaip gi tuomet žmonės danguje valgo ir toliau gyvena? Biblijoje skaitome apie tai, kad Viešpats pasirodė savo mokiniams po savo prisikėlimo ir kvėpė į juos (Jono 20:22) bei valgė (Jono 21:12-15). Prisikėlęs Viešpats valgė ne dėl to, kad buvo alkanas, bet tiesiog norėdamas pasidalinti džiaugsmu su mokiniais ir parodyti mums, kad danguje jūs irgi galėsite valgyti turėdami dangišką kūną. Štai kodėl Biblijoje yra užfiksuota, kad Jėzus

Kristus pavalgė pusryčiams duonos ir žuvies po savo prisikėlimo.

Tuomet kodėl Biblijoje yra sakoma, kad Viešpats kvėpė į juos net po savo prisikėlimo? Kai danguje valgote maistą, jis iš karto susiskaido ir per kvėpavimą pasišalina. Danguje maistas susivirškina akimirksniu ir per kvėpavimą išeina iš kūno. Išskyrų ar tualetų danguje jau nebereikia. Kaip patogu ir puiku, kad valgomas maistas išeina iš kūno per kvėpavimą kaip aromatas ir išsiskaido!

4. Transportas Danguje

Per visą žmonijos istoriją civilizacija ir mokslas progresavo ir atsirasdavo greitesnės ir patogesnės transporto priemonės, pavyzdžiui, vežimai, karietos, automobiliai, laivai, traukiniai, lėktuvai ir t.t.

Danguje taip pat yra daugelio tipų transportas. Egzistuoja viešojo transporto sistema, pavyzdžiui, dangaus traukinys, ir privatus transportas: debesų automobiliai ir auksinės karietos.

Danguje kūnas gali judėti labai greitai ir net skristi, nes jis yra už laiko ir erdvės ribų, bet linksmiau ir puikiau yra naudotis transportu, suteiktu kaip apdovanojimas.

Kelionės ir transportavimas Danguje

Kaip linksma ir džiaugsminga būtų keliauti ir pamatyti viską, kas yra danguje, pabūti visose gražiose ir puikiose vietose, kurias sukūrė Dievas!

Kiekvienas dangaus kampelis turi savitą grožį, taigi galite mėgautis kiekviena jo dalimi. Tačiau, kadangi dangiškojo kūno širdis yra nesikeičianti, jai niekas nenusibosta, ji nepavargsta, jei lankosi tose pačiose vietose. Taigi, kelionės danguje yra labai linksmos ir įdomios.

Dangiškasis kūnas iš tikrųjų nereikalauja jokių transporto rūšių, niekada nepavargsta ir net gali skraidyti. Tačiau įvairių priemonių naudojimas atneša dar daugiau komforto. Pavyzdžiui, važiuoti autobusu yra truputėlį patogiau negu eiti pėsčiomis, o važiuoti taksi ar vairuoti automobilį yra patogiau negu važiuoti autobusu ar metro šioje žemėje.

Taigi, jei važiuosite dangaus traukiniu, papuoštu daugiaspalviais brangakmeniais, galėsite pasiekti savo tikslą net be geležinkelio, traukinys galės laisvai judėti į kairę ir dešinę, į viršų ir net į apačią.

Kai žmonės iš Rojaus keliaus į naująją Jeruzalę, jie važiuos dangaus traukiniu, nes toks vietos yra toli viena nuo kitos. Keleiviams tai bus tikra pramoga. Skrisdami per ryškias šviesas jie galės pamatyti puikius dangaus kraštovaizdžius pro savo langus. O kai pagalvos apie tai, kad pamatys Dievą Tėvą, jie dar labiau apsidžiaugs.

Dangaus transporto priemonių tarpe yra auksinė karieta, kuria važinės ypatingi žmonės Naujoje Jeruzalėje, kai keliaus po dangų. Ji turi baltus sparnus, viduje yra mygtukas. Tas mygtukas leis jai judėti visiškai automatiškai, ji judės ar skris taip, kaip pageidaus jos turėtojas.

Debesų automobilis

Debesys danguje yra kaip padangės papuošalai. Taigi, kuomet dangiškasis kūnas keliaus į vietas, kur bus debesų, kūnas švytės daugiau negu be debesų. Dėl to ir kiti galės jausti bei gerbti debesies apgaubto dangiškojo kūno kilnumą, šlovę ir autoritetą.

Biblijoje yra parašyta, kad Viešpats ateis su debesimis (1 Tesalonikiečiams 4:16-17), todėl kad atėjimas su šlovės debesimis yra didingesnis, pakylėtas ir gražesnis už paprastą atėjimą ore. Taip ir debesys danguje yra skirti tam, kad Dievo vaikams suteiktų daugiau šlovės.

Jeigu turėsite teisę patekti į Naująją Jeruzalę, galėsite gauti puikų debesų automobilį. Tai ne debesis, suformuotas iš garų, kaip šioje žemėje. Danguje debesys yra iš šlovės.

Debesies automobilis rodo jo šeimininko šlovę, kilnumą ir autoritetą. Tačiau, ne kiekvienas gali gauti debesies automobilį, nes jis yra duodamas tik tiems, kurie turi teisę įžengti į Naująją Jeruzalę, būdami visiškai pašventinti ir ištikimi visuose Dievo namuose.

Gyvenantieji Naujoje Jeruzalėje gali keliauti bet kur su Viešpačiu šiuo debesų automobiliu. Kelionės metu angelai ir dangiškoji kareivija lydės ir tarnaus jiems. Būtent taip, kaip daugybė ministrų tarnauja karaliui arba princui, kai jie keliauja. Taigi, angelų ir dangiškosios kareivijos palyda ir tarnavimas dar labiau rodo šeimininko autoritetą ir šlovę.

Debesų automobilius dažniausiai vairuoja angelai. Yra automobiliai su viena sėdyne privačiam naudojimui, yra daugiavietčiai, kuriose tilptų daug žmonių. Kai žmogus Naujoje Jeruzalėje žaidžia golfą ir juda lauku, debesų automobilis atvažiuoja ir sustoja prie šeimininko kojų. Kai tas įsėda, automobilis pradeda judėti prie kamuoliuko labai švelniai ir akimirksniu.

Įsivaizduokite: jūs skrendate danguje debesų automobilyje su dangiškos kareivijos palyda ir angelais Naujoje Jeruzalėje. O dar įsivaizduokite: jūs skrendate debesų automobiliu kartu su

Viešpačiu, arba keliaujate po platųjį dangų dangaus traukiniu kartu su artimaisiais. Jus apims begalinis džiaugsmas.

5. Pramogos Danguje

Kas nors gali pagalvoti, kad gyventi dangiškajame kūne yra visiškai nelinksma, bet taip nėra. Šiame fiziniame pasaulyje jūs pavargstate ir negalite būti visiškai patenkinti, bet dvasiniame pasaulyje „malonumas" yra visuomet naujas ir įdomus.

Net ir šiame pasaulyje – kuo daugiau pasiekiate sveikos dvasios būsenos, tuo gilesnę meilę galėsite patirti ir tuo laimingesni būsite. Danguje galite mėgautis ne tik savo hobiais, bet ir daugeliu kitų pramogų, kurios yra nepalyginamai malonesnės už bet kokias kitas pramogų formas šioje žemėje.

Mėgavimasis hobiais ir žaidimais

Kaip žmonės šioje žemėje vysto savo talentus ir praturtina savo gyvenimą pamėgtais užsiėmimais, danguje galėsite taip pat mėgautis jais. Galėsite patirti malonumą ne tik iš to, kas jums patikdavo žemėje, bet ir tais dalykais, kurių vengėte, norėdami padaryti kuo daugiau Dievo darbų. Taip pat galėsite išmokti naujų dalykų.

Besidomintieji muzikiniais instrumentais galės šlovinti Dievą, grodami arfa. Arba galėsite išmokti groti fortepijonu, fleita ir daugeliu kitų instrumentų, ir padarysite tai labai greitai, nes danguje visi yra žymiai išmintingesni.

Tam, kad jūsų džiaugsmas būtų didesnis, galėsite pasikalbėti su gamta ir dangiškais gyvūnais. Net augalai ir gyvūnai atpažįsta Dievo vaikus, kviečia juos ir išreiškia jiems savo meilę ir pagarbą.

Be to, galėsite pasimėgauti daugeliu sporto tipų, pavyzdžiui, tenisu, krepšiniu, boulingu, golfu, skraidyklėmis, bet ne tokiais sporto tipais, kaip imtynės ar boksas, kurie gali pakenkti kitiems. Įranga ir įtaisai ten visiškai nepavojingi. Jie yra padaryti iš stebuklingų medžiagų ir papuošti auksu ir brangakmeniais, kad galima būtų daugiau mėgautis sportu.

Be to, sporto įranga žino, kas yra žmogaus širdyje, tad suteikia daugiau malonumo. Pavyzdžiui, jeigu jums patinka boulingas, kamuoliai ar kėgliai keičia savo spalvas ir atsiranda tokiose vietose ir atstumuose, kokie jums patinka. Kai kėgliai krenta, švyti šviesos ir girdisi linksmi garsai. Jeigu norėsite pralaimėti savo varžovui, kėgliai judės taip, kaip norėsite, kad jūs būtumėte laimingi.

Danguje nėra piktumo, kuris priverčia norėti pergalės arba kieno nors pralaimėjimo. Nugali šiuose žaidimuose tas, kas suteikia daugiau malonumo ir naudos kitam. Galite paklausti, kokia prasmė žaisti, kai nėra nugalėtojo ar pralaimėjusio, bet danguje jums nebus malonu, jeigu nugalėsite ką nors kitą. Pats žaidimas tiesiog teiks malonumą.

Žinoma, yra tokie žaidimai, kuriuose galima pasidžiaugti dėl gero ir teisingo varžymosi. Pavyzdžiui, bus žaidimas, kuriame galėsite nugalėti, jei daugiau įkvėpsite gėlių aromato, jei gražiau juos sukomponuosite, kad būtų geriausias aromatas, ir t.t.

Įvairiausios pramogos

Žaidimų mėgėjai gali paklausti, ar danguje bus žaidimų automatai. Žinoma, danguje yra daug žaidimų, kurie yra žymiai įdomesni už žemiškus.

Dangiškieji žaidimai niekada jūsų nenuvargins ir nepablogins jūsų regėjimo, kaip tai daro žaidimai čia. Jie jums niekada neįgris. Atvirkščiai, po jų jausitės atsipalaidavę ir ramūs. Kai nugalėsite ar gausite geriausią rezultatą, jausite aukščiausią malonumą ir niekada neprarasite susidomėjimo.

Žmonės danguje yra dangiškuose kūnuose, todėl niekada nebijo, nekrenta važinėdami pramogų parkuose, pavyzdžiui, „linksmųjų kalnelių" atrakcionuose. Jie jaučia vien džiaugsmą ir malonumą. Todėl net tie, kurie turėjo šioje žemėje akrofobiją, gali mėgautis tais dalykais danguje kiek nori.

Net jeigu nukristumėte nuo linksmųjų kalnelių, nesusižeisite, nes jūs būsite dangiškame kūne. Galėsite labai saugiai nusileisti kaip kovos menų specialistai arba jus apsaugos angelai. Taigi įsivaizduokite, kad mėgaujatės linksmaisiais kalneliais, šaukiate kartu su Viešpačiu ir savo artimaisiais. Kokia tai bus laimė ir džiaugsmas!

6. Garbinimas, švietimas ir kultūra Danguje

Nėra reikalo užsidirbti maistui, rūbams ir būstui danguje. Todėl kas nors gali pasidomėti: „Ką mes ten veiksime amžinai? Ar netapsime bejėgiais dėl nieko neveikimo?" Tačiau visai nėra reikalo rūpintis dėl to.

Danguje yra daug dalykų, kuriais galėsite džiaugsmingai mėgautis. Yra daug įdomių ir linksmų veiklų ir renginių, pavyzdžiui, žaidimai, mokymai, šlovinimo tarnavimai, vakarėliai, festivaliai, kelionės ir sportas.

Niekas jūsų nevers dalyvauti šiuose dalykuose. Visi viską daro savanoriškai ir džiaugsmingai, nes visa, ką darote, suteikia jums begalinę laimę.

Džiaugsmingas Dievo Kūrėjo garbinimas

Kaip žemėje lankote tarnavimus ir garbinate Dievą tam tikru laiku, danguje taip pat garbinsite Dievą tam tikru laiku. Žinoma, pats Dievas skelbia pamokslą ir kalba per pamokslus, galite sužinoti apie Dievo kilmes ir dvasinę sferą, kuri neturi nei pradžios, nei pabaigos.

Dažniausiai tie, kas puikiai mokosi, laukia paskaitų ir susitikimo su dėstytoju. Net ir gyvendami tikėjimu, mylintys Dievą ir garbinantys Jį dvasioje ir tiesoje, negali sulaukti, kada prasidės šlovinimo tarnavimai ir pastoriaus, skelbiančio gyvenimo žodį, pamokslai.

Kai patenkate į dangų, jūs džiaugiatės ir esate laimingi garbindami Dievą ir visuomet turite norą girdėti Dievo žodį. Jūs galite pasiklausyti Dievo žodžio tarnavimų metu, skirti laiką pokalbiams su Dievu arba klausytis Viešpaties žodžio. Be to, yra maldos laikas. Tačiau ten nereikės melstis ant kelių su užmerktomis akimis, kaip tai darome žemėje. Tai laikas, kai galite pasišnekėti su Dievu. Maldos danguje – tai pokalbiai su Dievu Tėvu, Viešpačiu ir Šventąja Dvasia. Kokia tai bus laimė ir džiaugsmas!

Be to, galėsite girti Dievą kaip tai darėte žemėje. Tačiau tai nebus daroma kokiomis nors šio pasaulio kalbomis, jūs girsite Dievą naujomis giesmėmis. Tie, kurie kentėjo išbandymus kartu, arba buvo vienos bažnyčios nariais susirinks kartu su savo pastoriumi garbinimui ir bendravimui.

Tuomet kaip gi žmonės garbins Dievą karu danguje, juk jų buveinės bus skirtingose vietose? Dangiškųjų kūnų šviesos danguje skirsis kiekvienoje buveinėje, taigi, žmonėms teks skolintis tinkamus rūbus, jeigu jie norės patekti į aukštesnio lygio vietas. Tuomet, norėdami apsilankyti garbinimo tarnavimuose Naujoje Jeruzalėje, kuri yra apgaubta šlovės šviesa, visi žmonės iš kitų vietų turės skolintis tinkamus rūbus.

Beje, tame pačiame susirinkime jūs galite apsilankyti ir jį žiūrėti per palydovus po visą pasaulį, tad tą patį galėsite padaryti ir danguje. Galėsite apsilankyti tarnavime Naujoje Jeruzalėje ir peržiūrėti jį iš visų dangaus vietų, o ekranas danguje yra toks natūralus, kad jums atrodys, lyg patys esate tame tarnavime.

Be to, galėsite pasikviesti tikėjimo tėvus, tokius kaip Mozė ar apaštalas Paulius ir garbinsite Dievą kartu. Tačiau, norėdami pasikviesti šias įžymybes, turėsite turėti tam tikrą dvasinę valdžią.

Naujų ir gilių dvasinių paslapčių sužinojimas

Dievo vaikai išmoksta daugelio dalykų, kai yra ugdomi šioje žemėje, tačau visa tai yra reikalingas žingsnis, kuris veda juos į dangų. Įžengę į dangų jie galės sužinoti apie naują pasaulį.

Pavyzdžiui, kai Jėzaus Kristaus tikintieji miršta (išskyrus tuos, kurie pateks į Naująją Jeruzalę), jie gyvena vietoje, kuri yra Rojaus pakraštyje, ten jie pradeda mokytis iš angelų dangaus etiketo ir taisyklių.

Kaip ir šioje žemėje žmonės mokosi, kad su amžiumi galėtų prisitaikyti prie visuomenės, norėdami gyventi naujame pasaulyje dvasinėje sferoje turėsite būti detaliai apmokyti, kaip jums reikia elgtis.

Kai kuriems gali kilti klausimas, kodėl danguje jiems dar reikės mokytis, juk žemėje jie jau daug išmoko. Mokymasis šioje žemėje – tai dvasinio mokymosi procesas, o tikrasis gyvenimas prasideda tik po to, kai įžengiate į dangų.

Tokiu būdu mokymuisi nėra pabaigos, nes Dievo karalystė yra begalinė ir tęsiasi per amžius. Kiek beišmokytumėte, vis tiek negalėsite viską sužinoti apie Dievą, kuris buvo nuo pat pradžių. Niekada pilnai nepažinosite Dievo gilumos, juk Jis egzistuoja per amžius, Jis kontroliuoja visą visatą ir viską, kas joje yra, ir Jis egzistuos per amžius.

Taigi, patekę į begalinę dvasinę sferą, galite suprasti, kad daug ko galima pasimokyti, o dvasinis mokymasis yra įdomus ir linksmas, nepanašus į šio pasaulio studijas.

Be to dvasinis mokymasis nėra privalomas, jokių kontrolinių nebus. Niekada nepamiršite tai, ką išmokote, taigi nebus sunku, niekada neišseksite. Danguje niekada nebus nuobodu, niekada nedykinėsite. Jūs laimingai mokysitės puikių naujų dalykų.

Vakarėliai, banketai ir pasirodymai

Danguje taip pat yra daugelio tipų vakarėliai ir pasirodymai. Šie vakarėliai yra malonumo kulminacija danguje. Ten gali stebėtis ir džiaugtis, žiūrėdamas į dangaus gausumą, laisvumą, grožį ir šlovę.

Žmonės šiame pasaulyje gražiausiai pasipuošia, kai eina į prestižinius vakarėlius, jie valgo, geria ir mėgaujasi pomėgiais, taip ir ten galite rengti vakarėlius su puikiausiai pasipuošusiais žmonėmis. Vakarėliuose apstu puikių šokių, giesmių, laimės juoko skambesio.

Ten taip pat yra vietų, kaip Niujorko Karnegio Rūmai ar Australijos Sidnėjaus Operos Rūmai, kur galima pažiūrėti įvairius pasirodymus. Pasirodymai danguje nėra skirti tam, kad žmonės galėtų pasigirti, bet kad galėtų pašlovinti Dievą, pradžiuginti Jį ir pasidalinti tuo su kitais.

Pasirodymų dalyviai – tai dažniausiai tie patys žmonės, kurie didžiai šlovino Dievą gyriais, šokiais, muzika ir pasirodymais čia žemėje. Kartais šie žmonės galės atlikti tuos pačius kūrinius, kuriuos atlikdavo žemėje. Arba tie, kurie norėjo šiame gyvenime tai padaryti, bet dėl aplinkybių negalėjo, dabar galės šlovinti Dievą naujomis giesmėmis ir šokiais danguje.

Taip pat yra kino teatrai, kur galima žiūrėti filmus. Pirmoje ir Antroje karalystėse žmonės dažniausiai žiūri filmus viešuose kino teatruose. Trečioje karalystėje ir Naujoje Jeruzalėje kiekvienas iš gyventojų gali turėsi savo įrangą namuose. Žmonės gali patys žiūrėti filmus arba pasikviesti artimuosius, kad kartu galima būti pavalgyti užkandžių ir pažiūrėti filmą.

Biblijoje sakoma, kad apaštalas Paulius buvo Trečiajame danguje, bet negalėjo to išpasakoti kitiems (2 Korintiečiams 12:4). Sunku žmonėms papasakoti apie dangų, nes toks pasaulis yra jiems nesuprantamas. Be to yra didelė tikimybė, kad žmonės to nesupras.

Dangus – tai dvasinė sfera. Yra tiek daug dangiškų dalykų, kurių neįmanoma suprasti, nes ten yra laimės ir džiaugsmo pilnatvė, kurios nepatirsite žemėje.

Dievas paruošė jūsų gyvenimui tokį gražų dangų, ir Jis skatina jus atitikti reikalavimus bei įžengti į jį Biblijos pagalba.

Taigi, Viešpaties vardu meldžiu, kad su džiaugsmu priimtumėte Viešpatį ir atitiktumėte reikalavimus, reikalingus Jo gražios nuotakos pasirengimui, kai Jis sugrįš čia.

6 skyrius

Rojus

1. Rojaus grožis ir laimė
2. Kokie žmonės patenka į rojų?

*Jėzus jam atsakė:
„Iš tiesų sakau tau:
Šiandien su manimi būsi rojuje."*
- Luko 23:43 -

Visi tie, kas tiki Jėzumi Kristumi, priėmė Jį kaip savo asmeninį Išgelbėtoją, jų vardai yra įrašyti į gyvenimo knygą, – jie galės mėgautis amžinu gyvenimu danguje. Tačiau, jau anksčiau paaiškinau tai, kad tikėjimas auga pakopomis, o dalinamos danguje buveinės, karūnos ir atlygiai priklausys nuo kiekvieno tikėjimo saiko.

Labiau atspindintys Dievo širdį gyvens arčiau prie Dievo sosto, o kuo toliau jie gyvens nuo Dievo sosto, tuo mažiau jie buvo panašūs į Dievą.

Rojus – tai tolimiausia vieta nuo Dievo sosto, jame yra mažiausia Dievo šlovės šviesos, tai žemiausias dangaus lygis. Tačiau, jis yra nepalyginamai gražesnis už šią žemę, net už Edeno sodą.

Tuomet koks gi yra tas Rojus? Kokie žmonės ten gyvens?

1. Rojaus grožis ir laimė

Rojaus pakraštyje yra vieta, kuri yra naudojama kaip Laukimo vieta iki Baltojo sosto Didžiojo teismo dienos (Apreiškimo 20:11-12). Visi, išskyrus tuos, kurie jau iškeliavo į Naująją Jeruzalę, kurie yra panašūs į Dievą ir padeda vykdyti Dievo darbus, išgelbėtieji nuo pat laiko pradžių laukia tose vietose Rojaus pakraštyje.

Taigi, įsivaizduokite, Rojus yra toks platus, kad jo pakraštys yra naudojamas kaip Laukimo vieta tokiai daugybei žmonių. Nors šis platusis Rojus yra žemiausias dangaus lygis, jis yra nepalyginamai gražesnis už Dievo prakeiktą žemę ir gyvenimas jame yra laimingesnis.

Be to, kadangi tai yra vieta, kur įžengs ugdomieji šioje žemėje asmenys, ten bus žymiai daugiau laimės ir džiaugsmo, negu Edeno sode, kur gyveno pirmasis žmogus Adomas.

Dabar pažvelkime į Rojaus grožį ir laimę, kuriuos apreiškė ir parodė Dievas.

Plačios lygumos, pilnos gražių gyvūnų ir augalų

Rojus yra panašus į plačią lygumą, kurioje yra daug gražiai sudėliotų vejų ir puikių sodų. Daugelis angelų prižiūri ir rūpinasi šiomis vietomis. Paukščių giesmės yra tokios tyros ir aiškios, kad aidi visame Rojuje. Jie yra panašūs į šios žemės paukščius, tačiau yra truputėlį didesni, o jų plunksnos – gražesnės. Kai jie čiulba grupėse – tai yra taip gražu.

Be to, medžiai ir gėlės soduose yra švieži ir žavūs. Šios žemės medžiai ir gėlės po kiek laiko vysta, bet Rojuje medžiai yra amžinai žali, o gėlės niekada nevysta. Gėlės šypsosi, kai prie jų prieina žmonės, o kartais jie skleidžia unikalius aromatus ir kvapus didesniu atstumu.

Švieži medžiai duoda įvairių rūšių vaisių, kurie yra šiek tiek didesni už šios žemės vaisius. Žievelės spindi ir atrodo nepaprastai skaniai. Žievelės jau nebereikia nuimti, nes dulkių ar kirmėlių ten nėra. Kaip būtų gražu pamatyti tokį vaizdą: žmonės sėdi gražioje lygumoje ir kalbasi, jų krepšiai yra pilni skaniausių ir apetitą žadinančių vaisių!

Be to, šioje plačioje lygumoje yra daug gyvūnų. Tarp jų net liūtai, kurie ramiai minta žole. Jie yra žymiai didesni už šios žemės liūtus, bet visai neagresyvūs. Jie yra labai mieli, nes turi gerą būdą, jų kailis švarus ir blizgus.

Gyvenimo vandens upė teka ramiai

Gyvenimo vandens upė teka per visą dangų: nuo Naujosios Jeruzalės iki Rojaus, ji niekad negaruoja ir neužsiteršia. Šios upės vanduo, tekantis nuo Dievo sosto ir viską gaivinantis simbolizuoja Dievo širdį. Tai parodo tyrą ir gražų protą, kuris yra be dėmės ar trūkumo, šviesus, be jokios tamsos. Dievo širdis yra tobula ir visiškai nepriekaištinga.

Gyvenimo vandens upė, kuri taikiai teka, tviiska kaip jūros vanduo, saulėtą dieną atspindintis saulės šviesą. Ji yra tokia tyra ir permatoma, kas jos nepalyginsi su šios pasaulio vandens telkiniais. Iš tolo ji atrodo mėlyna, kaip Viduržemio jūros ar Atlanto vandenyno vanduo.

Abiejų gyvenimo vandens upės pusių krantuose yra gražūs suoliukai. Aplink suolus yra gyvenimo medžiai, kiekvieną mėnesį vedantys vaisių. Gyvenimo medžio vaisiai yra didesni už šios žemės vaisius, jų skonis ir kvapas yra toks puikus, kad jų neįmanoma aprašyti. Jie tirpsta kaip cukraus vata, kai patenka į jūsų burną.

Rojuje nebus privačios valdos

Rojuje žmonės dėvi baltus viengubus rūbus be jokių papuošalų (pavyzdžiui, sagių), karūnų ir segtukų plaukams. Taip yra todėl, kad jie nieko nepadarė dėl Dievo karalystės, kai gyveno šioje žemėje.

Taigi, niekas iš patekusių į Rojų neturi atlygių, ten nėra privačių namų, karūnų, papuošalų, ir angelai jiems netarnauja. Yra tik būstas gyvenančioms Rojuje dvasioms. Ten jos gyvena ir patarnauja vienos kitoms.

Panašiai kaip Edeno sode nėra privačių namų kiekvienam gyventojui, tačiau Edenas ir Rojus labai skiriasi pagal laimės ir dydžio kriterijus. Rojuje žmonės gali vadinti Dievą „Aba Tėve," nes jie priėmė Jėzų Kristų ir gavo Šventąją Dvasią, tad jie jaučia didžiausią laimę, kurios nepalyginsi su Edeno sodo laime.

Taigi, gimti šiame pasaulyje, išgyventi daug gerų ir blogų dalykų, tapti tikrais Dievo vaikais ir turėti tikėjimą – tai didelė palaima.

Rojus – kupinas laimės ir džiaugsmo

Pats gyvenimas Rojuje yra pilnas laimės ir džiaugsmo tiesoje, nes ten nėra pikto ir kiekvienas ieško visų pirma kito naudos. Niekas niekam nekenkia, tačiau tarnauja kitiems su meile. Koks tai bus žavingas gyvenimas!

Be to, nereikės rūpintis būstu, rūbais ir maistu, ir jau pats faktas, kad ten nėra ašarų, liūdesio, ligų, skausmo ar mirties, jau yra laimė.

> *Jis nušluostys kiekvieną ašarą nuo jų akių; nebebus daugiau mirties, nei liūdesio, nei dejonės, nei skausmo daugiau nebebus, nes kas buvo pirmiau – praėjo* (Apreiškimo 21:4).

Taip pat matome, kad kaip tarp angelų yra vyriausi angelai, taip pat egzistuoja ir Rojaus žmonių hierarchija, t.y. atstovai ir atstovaujamieji. Kadangi visų individų tikėjimo veiksmai yra skirtingi, turintieji palyginti didesnį tikėjimą yra paskiriami atstovais, kurie turi rūpintis tam tikra vieta arba žmonių grupe.

Šitie žmonės turi kitus rūbus negu įprasti Rojaus gyventojai ir visur turi pirmenybę. Tai nėra neteisumas, taip Dievas parodo savo bešališką teisumą ir atlygina pagal žmogaus darbus.

Kadangi danguje nėra pavydo ar geidulio, žmonės neturi neapykantos ir neįsižeidžia, kai geresni dalykai tenka kitiems. Atvirkščiai, jie džiaugiasi, kai mato, kad kas nors gauna gerus dalykus.

Nereikia pamiršti, kad Rojus yra nepalyginamai gražesnė ir laimingesnė už žemę vieta.

2. Kokie žmonės patenka į rojų?

Rojus – tai puiki vieta, sukurta Dievo meilės ir gailestingumo. Tai vieta žmonėms, kurie neatitinka reikalavimų, kad vadintųsi tikrais Dievo vaikais, bet pažino Dievą ir tikėjo Jėzumi Kristumi, tad negali patekti į pragarą. Kokie gi žmonės patenka į Rojų?

Atgaila prieš pat mirtį

Visų pirma, Rojus – tai yra vieta tiems, kas atgailavo prieš pat mirtį ir savo išgelbėjimui priėmė Jėzų Kristų, kaip nusikaltėlis, kuris kabėjo ant kryžiaus šalia Jėzaus. Luko 23:39 ir toliau yra parašyta, kad iš abiejų pusių šalia Jėzaus buvo nukryžiuoti du nusikaltėliai. Vienas iš nusikaltėlių Jį užgauliojo, tačiau kitas sudraudė aną nusikaltėlį, atgailavo ir priėmė Jėzų, kaip savo Išgelbėtoją. Tuomet tam antram atgailavusiam nusikaltėliui Jėzus pasakė, kad jis yra išgelbėtas. Jėzus jam atsakė: „Iš tiesų sakau tau: šiandien su manimi būsi rojuje." Tas nusikaltėlis tiesiog priėmė Jėzų kaip savo Išgelbėtoją. Tačiau jis neatsikratė savo nuodėmių, negyveno pagal Dievo Žodį. Bet, kadangi jis priėmė Viešpatį prieš pat mirtį, jis neturėjo laiko sužinoti apie Dievo žodį ir veikti pagal Jį.

Reikia suprasti, kad Rojus yra skirtas tiems, kas priėmė Jėzų Kristų, bet nieko nepadarė dėl Dievo karalystės, kaip šis nusikaltėlis iš Luko 23 skyriaus.

Tačiau, jeigu galvosite: „Aš priimsiu Viešpatį prieš pat savo mirtį ir galėsiu patekti į Rojų, kur taip linksma ir gražu, nepalyginti su šia žeme," tai neteisingas supratimas. Dievas leido nusikaltėliui iš vienos pusės išsigelbėti, nes žinojo, kad jo širdis gera, myli Dievą iki galo, ir neapleis Viešpaties, net jeigu jam būtų suteikta daugiau laiko gyventi.

Tačiau ne visi gali priimti Viešpatį prieš pat savo mirtį, o tikėjimas negali atsirasti akimirksniu. Taigi, turite suprasti, kad tai yra retas atvejis, kai nusikaltėlis iš vienos Jėzaus pusės išsigelbėjo prieš mirdamas.

Be to žmonės, gaunantys gėdingą išgelbėjimą dar turi daug piktumo širdyje, net kai yra išgelbėti, nes gyveno kaip panorėjo.

Jie bus amžinai dėkingi Dievui vien už tai, kad yra Rojuje ir mėgausis amžinuoju gyvenimu danguje tik dėl to, kad priėmė Jėzų Kristų kaip savo Išgelbėtoją, nors savo tikėjimu nieko nepadarė šioje žemėje.

Rojus labai skiriasi nuo Naujosios Jeruzalės, kur yra Dievo

sostas, bet pats faktas, kad jie nepateko į pragarą ir yra išgelbėti juos labai džiugina.

Dvasinio tikėjimo augimo stoka

Antra, net jei žmonės priėmė Jėzų Kristų ir turi tikėjimą, jie gauna gėdingą išgelbėjimą ir įžengia į Rojų, jeigu jų tikėjimas neaugo. Ne tik naujai įtikėję, bet ir tie, kas tikėjo daug metų, patenka į Rojų, jeigu jų tikėjimas pasilieka visam laikui pirmame lygyje.

Kartą Dievas leido man išgirsti vieno tikinčiojo prisipažinimą, jis jau daug metų buvo tikėjime, o šiuo metu gyvena dangaus Laukimo vietoje Rojaus pakraštyje.

Jis gimė šeimoje, kuri visai nežinojo Dievo ir garbino stabus, vėliau jis pradėjo gyventi krikščioniškai. Tačiau, kadangi neturėjo tikro tikėjimo, jis gyveno nuodėmėse ir viena jo akis neteko regėjimo. Perskaitęs mano liudijimų knygą *Patirti Amžinąjį Gyvenimą Anksčiau už Mirtį* jis užsiregistravo į bažnyčią ir pateko į dangų, nes savo bažnyčioje gyveno krikščioniškai.

Aš išgirdau jo džiaugsmo kupinus žodžius, kai jis išsigelbėjo ir pateko į Rojų po daugelio bėdų, skausmų ir ligų šios žemės gyvenime.

> **„Aš toks laisvas ir laimingas, kad čia patekau, kai palikau savo kūną. Nežinau, kam aš stengiausi laikytis kūniškų dalykų. Jie visi yra beprasmiški. Meilė kūniškiems dalykams yra tokia beprasmė ir nereikalinga, kuomet čia patekau, kai palikau savo kūną, aš tai supratau.**

Mano žemiškame gyvenime buvo džiaugsmo ir dėkingumo akimirkos, nusiminimo ir desperacijos momentai. O čia, kai aš žiūriu į save, toks komfortas ir laimė, vis prisimenu tas akimirkas, kai stengiausi laikytis to beprasmiško gyvenimo ir jame pasilikti. Bet dabar mano siela nieko nestokoja, kai aš šioje jaukioje vietoje, ir jau tai, kad galiu būti išgelbėjimo vietoje man teikia džiaugsmą.

Man šioje vietoje yra labai jauku. Man labai patogu, nes aš atsiskyriau nuo savo kūno, ir džiaugiuosi, kad patekau į šią taikią vietą po sekinančio gyvenimo žemėje. Net nežinojau, kad atsiskyrimas nuo kūno bus toks malonus dalykas, ir nuo to laiko, kai tai padariau ir patekau į šią vietą, man ramu ir džiugu.

Tais laikais fiziškai man buvo labai sunku, nes negalėjau regėti, vaikščioti ir daryti daugelį dalykų, bet, gavęs amžiną gyvenimą ir patekęs čia, aš džiaugiuosi ir dėkoju Dievui, nes jaučiu, kad galiu būti šioje puikioje vietoje dėl visų šių priežasčių.

Čia ne Pirmoji karalystė, ne Antroji, ne Trečioji ir ne Naujoji Jeruzalė. Aš tik Rojuje, bet esu toks dėkingas ir džiugus, kad aš čia.

Mano siela tuo patenkinta.
Mano siela šlovina už tai.
Mano siela džiaugiasi tuo.
Mano siela yra dėkinga už tai.

Aš labai džiaugiuosi ir dėkoju už tai, kad baigėsi

mano skurstantis, apgailėtinas gyvenimas ir dabar galiu turėti tokį patogų gyvenimą."

Tikėjimo degradavimas dėl išbandymų

Pagaliau, yra žmonių, kadaise buvusių ištikimais, tačiau dėl įvairių priežasčių palaipsniui tapusių drungnais tikėjimo atžvilgiu. Jie vos gauna išgelbėjimą.

Vienas žmogus, buvęs vyresniuoju mano bažnyčioje, ištikimai tarnavo daugelyje bažnytinės veiklos sričių. Taigi, iš išorės jo tikėjimas atrodė esąs stiprus, tačiau vieną dieną jį pakirto sunki liga. Jis net negalėjo kalbėti ir atvyko, kad už jį pasimelsčiau. Tačiau vietoj to, kad melsčiausi už jo išgydymą, aš meldžiausi už jo išgelbėjimą. Tuo metu jo siela kentėjo neapsakomą baimės jausmą, kilusį dėl kovos tarp angelų, siekusių paimti jį į Dangų, ir piktųjų dvasių, kurios stengėsi nuvesti jį į pragarą. Jei jis būtų turėjęs pakankamai tikėjimo išgelbėjimui, piktosios dvasios net nebūtų atėjusios, ketindamos jį paimti. Tad aš nedelsdamas pasimeldžiau, kad nuvaryčiau piktąsias dvasias ir už tai, kad Dievas priimtų šį žmogų. Tuojau po maldos jis gavo ramybę, iš jo akių ištryško ašaros. Prieš pat savo mirtį jis suspėjo atgailauti ir vos gavo išgelbėjimą.

Taigi, net jeigu gavote Šventąją Dvasią ir užimate diakono ar vyresniojo pareigas, Dievo akyse jums būtų gėdinga gyventi nuodėmėse. Jei neatsigręšite nuo tokio drungno dvasinio gyvenimo, Šventoji Dvasia jus paliks ir nebūsite išgelbėti.

„Žinau tavo darbus, jog esi nei šaltas, nei karštas. O, kad būtum arba šaltas, arba karštas! Bet kadangi

esi drungnas ir nei karštas, nei šaltas, Aš išspjausiu tave iš savo burnos" (Apreiškimo 3:15-16).

Taigi, reikia suprasti, kad patekimas į Rojų yra labai gėdingas išgelbėjimas, reikia turėti daugiau noro ir entuziazmo savo tikėjimo ugdyme.

Anksčiau tas pats žmogus jau buvo išgydytas po mano maldos ir net jo žmona per mano maldą iš mirties slenksčio grįžo į gyvenimą. Besiklausant gyvybės Žodžio, jo daug problemų turėjusi šeima tapo laiminga. Nuo to laiko jis savo pastangomis brendo kaip ištikimas Dievo darbininkas ir ištikimai vykdė savo pareigas.

Tačiau, kuomet bažnyčią ištiko išmėginimas, jis nesistengė jos apsaugoti ir apginti, o leido, kad jo mintis užvaldytų velnias. Žodžiai, išėję iš jo burnos, pastatė didžiulę nuodėmės sieną tarp jo ir Dievo. Galų gale, jis daugiau nebegalėjo likti Dievo saugomas ir sunkiai susirgo.

Kaip Dievo darbininkui, jam nederėjo žiūrėti ar klausytis bet ko, kas buvo prieš Dievo valią ir tiesą, bet jis norėjo klausytis tų dalykų ir juos skleidė. Dievui teko tik nugręžti Savo veidą nuo jo, nes jis nusigręžė nuo didžiulės Dievo, išgydžiusio jį nuo sunkios ligos, malonės.

Tokiu būdu jo atlyginimai subyrėjo ir jis negalėjo gauti jėgos melstis. Jo tikėjimas vis mažėjo, o galiausiai tapo toks silpnas, kad jis net negalėjo būti tikras savo išgelbėjimu. Laimei, Dievas prisiminė jo tarnavimą bažnyčiai. Todėl šis žmogus galėjo gauti gėdingą išgelbėjimą, nes Dievas suteikė jam malonės atgailauti dėl to, ką jis buvo padaręs anksčiau.

Visiškas dėkingumas už išgelbėjimą

Taigi, kaip atsilieps žmogus, išgelbėtas ir patekęs į Rojų? Kadangi jis buvo išgelbėtas ant kryžkelės tarp dangaus ir pragaro, manau, kad jo atsiliepimas bus kupinas tikros ramybės.

„Aš esu išgelbėtas. Nors esu Rojuje, aš esu patenkintas, nes esu išlaisvintas nuo visų baimių ir sunkumų. Mano dvasia, kuri galėtų nukeliauti į tamsą, pateko į šią gražią ir patogią vietą."

Koks jis bus laimingas, kai bus išgelbėtas nuo pragaro baimės! Tačiau, kadangi jis gavo tik gėdingą išgelbėjimą, kaip bažnyčios vyresnysis, Dievas leido man išgirsti jo atgailos maldą, kai jis nuėjo ir pateko į viršutinius kapus prieš įžengdamas į Rojaus Laukimo vietą. Ten jis taip pat atgailavo dėl savo nuodėmių ir padėkojo man už tai, kad už jį pasimeldžiau. Jis taip pat pasižadėjo, kad nuolat melsis už bažnyčią ir mane, kol nesusitiks su šiais žmonėmis danguje.

Nuo pat žmonijos ugdymo pradžių šioje žemėje buvo daugiau žmonių, kurie galėjo patekti į Rojų, bet ne į kokią kitą vietą danguje.

Tie, kurie vos išsigelbsti ir patenka į Rojų, yra labai dėkingi ir laimingi, kad gali mėgautis Rojaus patogumais ir palaiminimais, juk jie nebuvo išmesti į pragarą, nors žemėje negyveno krikščioniškai.

Tačiau Rojaus laimė yra nepalyginama su Naujosios Jeruzalės palaima, ir net labai skiriasi nuo kito lygio laimės, patiriamos Primoje dangaus karalystėje. Taigi, turite suprasti, kad Dievui yra svarbu ne tai, kiek metų jūs esate tikėjime, bet koks yra jūsų vidinės širdies nusistatymas Dievo atžvilgiu ir kokie jūsų veiksmai yra pagal Dievo valią.

Šiandien daug žmonių gyvena pagal nuodėmingą prigimtį, išpažindami esą gavę Šventąją Dvasią. Tokie žmonės vos gali gauti gėdingą išgelbėjimą ir patekti į Rojų arba galiausiai eina mirties keliu, t.y. į pragarą, nes Šventoji Dvasia juos paliks.

Arba būna taip, kad taip vadinamieji tikintieji tampa arogantiškais, nors dažnai girdi Dievo žodį ir mokosi iš jo, tačiau kritikuoja ir smerkia kitus tikinčius, kurie jau ilgą laiką gyvena krikščioniškai. Kokie jie bebūtų kupini entuziazmo ir ištikimi savo tarnavime Dievui, tai neturi prasmės, jeigu jie nesupranta savo širdžių piktumo ir neatsikrato savo nuodėmių.

Todėl Viešpaties vardu meldžiu, kad jūs, Dievo vaikai, kurie gavo Šventąją Dvasią, atsikratytumėte savo nuodėmių ir visokeriopo piktumo ir stengtumėtės gyventi tik pagal Dievo žodį.

7 skyrius

Pirmoji Dangaus Karalystė

1. Ji pranoksta rojaus grožį ir laimę
2. Kokie žmonės patenka į Pirmąją karalystę?

*„Kiekvienas varžybų dalyvis
nuo visko susilaiko;
jie taip daro, norėdami gauti vystantį vainiką,
o mes – nevystantį."*
- 1 Korintiečiams 9:25 -

Rojus yra skirtas tiems, kurie priėmė Jėzų Kristų, bet tikėjimu nieko nepadarė. Tai yra nepalyginamai gražesnė ir laimingesnė už žemę vieta. O kiek gražesnė bus Pirmoji dangaus karalystė – vieta tiems, kas stengsis gyventi pagal Dievo žodį?

Pirmoji karalystė yra arčiau Dievo sosto negu Rojus, tačiau danguje yra daug geresnių už ją vietų. Patekusieji į Pirmą karalystę vis tiek bus patenkinti tuo, ką gavo, ir jausis laimingi. Panašiai ir auksinė žuvelė laiminga savo gyvenimu akvariume, jai nieko daugiau nereikia.

Mes detaliau pažiūrėsime į tai, kokia vieta yra Pirmoji dangaus karalystė, kuri yra viena pakopa aukščiau už Rojų, taip pat sužinosime, kokie žmonės ten patenka.

1. Ji pranoksta rojaus grožį ir laimę

Kadangi Rojus yra skirtas tiems, kurie tikėjimu nieko nepadarė, ten nebus atlygių asmeninio turto forma. O jau Pirmoje karalystėje ir aukštesniuose lygiuose asmeninis turtas, pavyzdžiui, namai ir karūnos, bus suteikiamas kaip atlygis.

Pirmoje karalystėje žmogus gyvens nuosavame name ir gaus amžiną vainiką. Tai jau savaime yra šlovingas dalykas – tu turi nuosavą namą danguje, tad kiekvienas Pirmosios karalystės gyventojas yra laimingas, tai yra nepalyginama su Rojumi.

Asmeniniai namai gražiai papuošti

Asmeninis būstas Pirmoje karalystėje nėra atskiri namai, jie yra panašūs į daugiabučius šios žemės namus. Tačiau jie yra statomi ne iš cemento ar plytų, bet iš gražių dangiškų medžiagų, pavyzdžiui, aukso ir brangakmenių.

Šiuose namuose nebus laiptų, bus vien tik gražūs liftai. Šioje žemėje reikia nuspausti mygtuką, tačiau danguje liftas automatiškai važiuoja į jums reikiamą aukštą.

Tarp žmonių, buvusių danguje, yra tų, kurie liudija apie tai, kad jie matė butus danguje. Tai reiškia, kad iš visų dangaus vietovių jie matė būtent Pirmąją karalystę. Tokie į daugiabučius panašūs namai turi viską, kas reikalinga gyvenimui, taigi, jokių nepatogumų ten nėra.

Mėgstantiems muziką yra muzikiniai instrumentai, tad jie galės groti jais. Yra knygos skaitymo mėgėjams. Visi turi nuosavą vietelę, kur jie gali pasiilsėti ir jaustis patogiai.

Be to, Pirmosios karalystės supanti aplinka yra kuriama pagal šeimininko užsakymą. Taigi, tai yra vieta, žymiai gražesnė ir laimingesnė už Rojų, pilna džiaugsmo ir patogumo, kurių nepatirsite žemėje.

Viešieji sodai, ežerai, baseinai ir t.t.

Kadangi Pirmosios karalystės namai yra ne atskiri namai, ten yra viešieji sodai, ežerai, baseinai ir golfo aikštynai. Kaip ir šioje žemėje žmonės, gyvenantys butuose, žmonės ten turi bendrus viešus sodus, teniso kortus ir baseinus.

Šios viešos vietos niekada nenusidėvi ir nesilaužo, angelai

visuomet jas prižiūri, jos visada geros būklės. Angelai padeda žmonėms naudotis šiomis vietomis, todėl jokių nepatogumų nėra, nors tai yra viešasis turtas.

Rojuje nėra tarnaujančių angelų, o Pirmoje karalystėje žmonės gali kreiptis pagalbos į angelus. Taigi, ten žmonės patiria visiškai kitą džiaugsmą ir laimę. Nors kiekvienam žmogui skirtų angelų ten nėra, yra įstaigų angelai-prižiūrėtojai.

Pavyzdžiui, jeigu pokalbio su artimaisiais metu, sėdėdami auksiniame pliaže prie Gyvenimo vandens upės, užsigeisite vaisių, angelai iš karto atneš jums vaisių ir maloniai aptarnaus. Kadangi šioje karalystėje yra angelai, kurie padeda Dievo vaikams, džiaugsmas ir laimė čia labai skiriasi nuo Rojaus patirties.

Pirmoji karalystė yra geresnė už Rojų

Netgi gėlių spalvos ir aromatai, bei gyvūnų kailių ryškumas ir grožis skiriasi nuo Rojaus gyvenimo. Taip yra todėl, kad Dievas viskuo aprūpino pagal visose dangaus vietose gyvenančių žmonių tikėjimo lygį.

Net ir šioje žemėje žmonės turi skirtingus grožio standartus. Pavyzdžiui, gėlių ekspertai vieną gėlę įvertins pagal daugybę kriterijų. Danguje gėlių aromatai visose dangaus vietovėse yra skirtingi. Toje pačioje vietoje kiekviena gėlė turi savo unikalų kvapą.

Dievas taip sukūrė gėles, kad žmonės Pirmoje karalystėje jausis puikiausiai, užuosdami gėlių aromatus. Žinoma, ir vaisiai skirtingose dangaus vietose turi skirtingus skonius. Dievas sukūrė skirtingas kiekvieno vaisiaus spalvas ir skonius pagal kiekvienos buveinės tikėjimo lygį.

Kaip jūs ruošiatės priimti ir aptarnauti svarbų svečią? Jūs

stengsitės įtikti svečio skoniui taip, kad jam tai labai patiktų.

Taip ir Dievas viską kruopščiai paruošė, kad Jo vaikai būtų visapusiškai patenkinti.

2. Kokie žmonės patenka į Pirmąją karalystę?

Rojus yra dangaus vieta, skirta tiems, kurie yra pirmame tikėjimo lygyje, išsigelbėjo, nes priėmė Jėzų Kristų, bet nieko nepadarė dėl Dievo karalystės. Tuomet kokie žmonės gyvens Pirmoje dangaus karalystėje, aukščiau už Rojų, ir mėgausis ten amžinuoju gyvenimu?

Žmonės, kurie stengiasi gyventi pagal Dievo žodį

Pirmoji dangaus karalystė yra skirta tiems, kurie priėmė Jėzų Kristų ir stengėsi gyventi pagal Dievo žodį. Žmonės, naujai priėmę Viešpatį, ateina į bažnyčią sekmadieniais ir klausosi Dievo žodžio, bet dar tiksliai nežino, kas yra nuodėmė, kam jiems reikia melstis, ir kodėl reikia atsikratyti savo nuodėmių. Be to, pirmojo tikėjimo lygio žmonės patyrė pirmosios meilės džiaugsmą, kai gimė iš vandens ir Šventosios Dvasios, bet dar nesupranta, kas yra nuodėmė ir dar nepamatė savo nuodėmių.

Tačiau, jeigu pasiekiate antrą tikėjimo lygį, jūs Šventosios Dvasios pagalba suprantate savo nuodėmes ir teisumą Šventosios Dvasios pagalba. Taigi, jūs stengiatės gyventi pagal Dievo Žodį, bet nemokate to padaryti iš karto. Tai panašu į kūdikį, kuris tik mokosi vaikščioti: jis tai vaikšto, tai krenta.

Pirmoji karalystė yra vieta tokiems žmonėms, kurie stengiasi gyventi pagal Dievo žodį, ten bus dalinamos amžinos karūnos. Kaip sportininkai turi žaisti pagal žaidimo taisykles (2 Timotiejui 2:5-6), taip Dievo vaikai turi pagal tiesos principus kovoti gerą kovą. Jeigu ignoruosite dvasinę sferą, kuriai atitinka Dievo įstatymas, jūs turite mirusį tikėjimą, kaip sportininkas, nežaidžiantis pagal taisykles. Tuomet nebūsite laikomi dalyviu ir negausite karūnos.

Tačiau Pirmojoje karalystėje vainikai yra duodami visiems, nes jie stengėsi gyventi pagal Dievo žodį, nors jų darbų nebuvo pakankamai daug. Tačiau tai yra gėdingas išgelbėjimas. Taip yra dėl to, kad jie negyveno pagal Dievo žodį pilnai, nors turėjo tikėjimą, kuris atvedė juos į Pirmąją karalystę.

Gėdingas išgelbėjimas sudegusių darbų atveju

Taigi, kas yra „gėdingas išgelbėjimas?" 1 Korintiečiams 3:12-15 skaitome apie tai, kad jūsų pastatyti darbai gali išlikti arba sudegti.

> *„Jei kas stato ant šio pamato iš aukso, sidabro, brangakmenių, medžio, šieno ar šiaudų, –kiekvieno darbas išaiškės. Todėl, kad diena jį atskleis, nes tai bus atskleista ugnimi ir ugnis ištirs, koks kieno darbas. Jei kieno statybos darbas išliks, tas gaus užmokestį. O kieno darbas sudegs, tas turės nuostolį, bet jis pats bus išgelbėtas, tačiau kaip per ugnį."*

„Pamatas" – tai Jėzus Kristus, ir tai reiškia, kad, ką bepastatytumėte ant šio pamato, jūsų darbas bus patikrintas išbandymais, panašiais į ugnį.

Žmonių, kurių tikėjimas yra lyg auksas, sidabras ar brangakmeniai, darbai išliks net ir po ugninių išbandymų, nes jie elgiasi pagal Dievo žodį. Tačiau žmonių, kurių tikėjimas yra lyg medis, šienas ar šiaudai, darbai sudegs per ugninius išbandymus, nes jie negali elgtis pagal Dievo žodį.

Taigi, klasifikuodami juos pagal tikėjimo saikus, matome: auksas – tai penktas (aukščiausias), sidabras – ketvirtas, brangakmeniai – trečias, medis – antras, o šienas – pirmas (žemiausias) tikėjimo saikas. Medis ir šienas turi savyje gyvybę, ir tikėjimas, prilyginamas medžiui, reiškia, kad tikėjimas yra gyvas, bet silpnas. Tačiau šiaudai yra išdžiuvę ir neturi savyje gyvybės, jie simbolizuoja tuos, kurie neturi tikėjimo.

Taigi, neturintieji tikėjimo neturi nieko bendra su išgelbėjimu. Medis ir šienas, kurių darbai bus sudeginti ugninių išbandymų, – jų dalia yra gėdingas išgelbėjimas. Dievas pripažįsta aukso, sidabro, brangakmenių tikėjimą, o medžio ir šieno tikėjimų Jis negali pripažinti.

Tikėjimas be veiksmų negyvas

Kai kurie gali manyti: „Esu krikščioniu jau ilgai, reiškia, aš jau peržengiau pirmą tikėjimo lygį, todėl bent į Pirmąją karalystę pateksiu." Tačiau, jeigu tikrai turėsite tikėjimą, tuomet akivaizdžiai galėsite gyventi pagal Dievo žodį. Kita vertus, jeigu įstatymo nesilaikysite ir neatsisakysite savo nuodėmių, jums gali būti nepasiekiama ne tik Pirmoji karalystė, bet ir Rojus.

Biblijoje Jokūbo 2:14 randame tokį klausimą: „*Kokia nauda, mano broliai, jei kas sakosi turįs tikėjimą, bet neturi darbų? Ar gali jį išgelbėti toks tikėjimas?*" Jeigu neturite darbų, nebūsite išgelbėti. Tikėjimas be veiksmų – negyvas. Taigi, nekovojantys su nuodėme negali būti išgelbėti, nes jie yra kaip žmogus, gavęs miną ir laikęs ją suvyniotą į skepetą (Luko 19:20-26).

„Mina" čia reiškia Šventąją Dvasią. Dievas duoda Šventąją Dvasią kaip dovaną tiems, kurių širdys yra atviros, kurie priima Jėzų Kristų, kaip savo asmeninį Išgelbėtoją. Šventoji Dvasia padeda jums suprasti, kas yra nuodėmė, teisumas, teismas, su Jos pagalba gaunate išgelbėjimą ir patenkate į dangų.

Jeigu išpažįstate savo tikėjimą Dievu, bet neapipjaunate savo širdies – nepildote Šventosios Dvasios norų, negyvenate pagal tiesą – tuomet Šventoji Dvasia nepasilieka jūsų širdyje. Bet jeigu atsikratote savo nuodėmių ir veikiate pagal Dievo žodį Šventosios Dvasios pagalba, jūs galite atspindėti Jėzaus Kristaus širdį, o Jis yra Tiesa.

Todėl Dievo vaikai, kurie gavo Šventąją Dvasią kaip dovaną, turi pašventinti savo širdis ir duoti Šventosios Dvasios vaisių, tuomet jie pasieks tobulą išgelbėjimą.

Fiziškai ištikimi, bet dvasiškai neapipjaustyti

Kartą Dievas apreiškė man istoriją apie bažnyčios narį, kuris jau buvo miręs ir patekęs į Pirmąją karalystę, bei parodė man, kaip svarbu yra rodyti tikėjimą darbuose. Jis aštuoniolika metų tarnavo bažnyčios Finansų skyriuje be išdavystės širdyje. Jis buvo ištikimas kituose Dievo darbuose ir gavo bažnyčios vyresniojo titulą. Jis stengėsi duoti vaisių įvairiuose versluose ir šlovinti Dievą, ir dažnai užduodavo sau klausimą: „Kaip galėčiau dar labiau tarnauti Dievo karalystei?"

Tačiau jam tai nepavyko, nes, neidamas teisingu keliu, jis ne kartą suteršė Dievo vardą, nes dėl savo kūniškų minčių ir širdies dažnai ieškodavo naudos sau. Jis taip pat pareiškė negarbingus teiginius, susipyko su kitais žmonėmis ir daugeliu atžvilgių nepakluso Dievo Žodžiui.

Kitaip tariant, kadangi fiziškai jis buvo ištikimas, bet neapipjaustė savo širdies (o tai yra svarbiausia), jis pasiliko antrame tikėjimo lygyje. Be to, jeigu jo finansiniams sunkumams ir asmeninėms problemoms nebūtų buvę galo, jis negalėtų laikytis tikėjimo, bet neteisumu eitų į kompromisą.

Galiausiai, kadangi dėl nuolatinio jo tikėjimo regreso jis galėjo nepatekti į Rojų, Dievas pačiu geriausiu laiku paėmė jo sielą.

Per dvasinį bendravimą po jo mirties jis išreiškė dėkingumą ir atgailavo dėl daugelio dalykų. Jis atgailavo dėl to, kad įžeidinėjo tarnautojus, nesekdamas tiesa, prisidėjo prie kitų žmonių nupuolimo, užgaudavo kitus ir nesielgdavo teisingai netgi po to, kai išgirsdavo Dievo žodį. Jis taip pat pasakė, kad visuomet jausdavo įtampą dėl to, kad neatgailavo nuodugniai už savo klaidas, kol buvo žemėje, bet dabar jautėsi laimingas, nes galėjo tai išpažinti.

Be to, jis pripažino esąs laimingas nepatekęs į Rojų kaip vyresnysis. Būti Pirmojoje karalystėje vis tiek buvo gėdinga, bet jis jautėsi žymiai geriau, juk Pirmoji karalystė yra daug šlovingesnė už Rojų.

Taigi, turite suprasti, kad svarbiausia yra apipjaustyti savo širdį nepaisant fizinio ištikimumo ir titulų.

Dievas veda savo vaikus į geresnes dangaus vietas per išbandymus

Tam, kad sportininkas nugalėtų, reikia ilgai ir sunkiai

treniruotis – taip ir jūs turite susidurti su išbandymais, norėdami patekti į geresnę dangaus buveinę. Dievas leidžia savo vaikams išgyventi išbandymus, kad jie patektų į geresnes dangaus vietas, o išbandymai gali būti trijų kategorijų.

Pirma, yra išbandymai, padedantys atsikratyti nuodėmių. Norėdami tapti tikrais Dievo vaikais, jūs turite iki kraujų kovoti prieš nuodėmes, kad atsikratytumėte visų nuodėmių. Tačiau Dievas kartais baudžia savo vaikus, nes jie neatsisako savo nuodėmių ir toliau nuodėmiauja (Žydams 12:6). Kaip tėvai kartais baudžia savo vaikus, kad nukreiptų juos į teisingą kelią, taip ir Dievas retkarčiais leidžia savo vaikams patekti į išbandymus, kad jie būtų tobuli.

Antra, yra išbandymai skirti tam, kad indas taptų tinkamas ir atneštų palaiminimus. Dovydas dar vaikystėje išgelbėdavo savo avis nugalėdamas lokį ar liūtą, kurie puldavo jo kaimenę. Jo tikėjimas buvo toks stiprus, kad jis vien pasitikėdamas Dievu svaidykle ir akmeniu nužudė patį Galijotą, kurio bijojo visa Izraelio kariuomenė. O tolesnius išbandymus (pavyzdžiui, karaliaus Sauliaus persekiojimus) jis turėjo išgyventi dėl to, kad Dievas numatė tuos išmėginimus, kad Dovydas taptų didesniu indu ir didžiu karaliumi.

Trečia, kai kurie išbandymai išlaisvina nuo dykinėjimo, nes ramiais laikais žmonės gali nutolti nuo Dievo. Pavyzdžiui, yra tokių žmonių, kurie yra ištikimi Dievo karalystėje ir dėl tos priežasties gauna finansinius palaiminimus. Tuomet jie nustoja melstis ir jų aistros Dievui užgęsta. Jeigu Dievas paliks juos tokioje padėtyje, jiems tai gali baigtis mirtimi. Todėl Jis leidžia jiems patirti išbandymus, kad jie vėl pradėtų blaiviai mąstyti.

Reikia atsikratyti savo nuodėmių, elgtis teisingai ir būti tinkamais indais Dievo akyse. Tereikia suprasti Dievo širdį, juk tai Jis siunčia tikėjimo išbandymus. Aš tikiuosi, kad jūs pilnai gausite puikius palaiminimus, kuriuos Dievas jums paruošė.

Galite paklausti: „Na, aš noriu pasikeisti, bet tai yra sunku, nors aš ir stengiuosi." Tačiau taip sako žmogus ne dėl to, kad keistis yra sunku, o dėl to, kad giliai širdyje jam trūksta užsidegimo ir noro pasikeisti.

Jeigu jūs pilnai suprantate Dievo žodžio dvasinę prasmę ir iš visos širdies gilumos stengsitės pasikeisti, jūs tai galite padaryti labai greitai, nes Dievas suteiks jums tam malonės ir stiprybės. Žinoma, Šventoji Dvasia taip pat padeda jums kelyje. Jeigu žinote Dievo žodį tik intelektualiai, bet nesielgiate pagal Jį, yra didelė tikimybė, kad tapsite išdidūs ir pasipūtę, o tuomet išsigelbėti jums bus sunku.

Todėl aš Viešpaties vardu meldžiu, kad jūs neprarastumėte savo pirmosios meilės aistros ir džiaugsmo ir toliau pildytumėte Šventosios Dvasios norus, kad galėtumėte gauti geresnę vietą danguje.

8 skyrius

Antroji Dangaus Karalystė

1. Kiekvienam po gražų asmeninį namą
2. Kokie žmonės patenka į Antrąją karalystę?

*Jūsų vyresniuosius raginu aš,
irgi vyresnysis, Kristaus kentėjimų liudytojas
ir dalyvis šlovės,
kuri bus apreikšta:
ganykite pas jus esančią Dievo kaimenę,
prižiūrėdami ją ne iš prievartos,
bet noriai,
(pagal Dievo valią)
ne dėl nešvaraus pelno, bet uoliai,
ne kaip viešpataujantys jums patikėtiems,
bet būdami pavyzdžiu kaimenei.
O kai pasirodys Vyriausiasis Ganytojas,
jūs gausite nevystantį šlovės vainiką.*
- 1 Petro 5:1-4 -

Nesvarbu, kiek kartų jūs girdėsite apie dangų, tai neturės efekto, kol neperprasite to savo širdimi, juk tuo reikia tikėti. Grūdai nukrito prie kelio, ir atskridę paukščiai juos sulesė, taip ir priešas šėtonas ir velnias nori išplėšti iš jūsų žodžius apie dangų (Mato 13:19).

Bet jeigu klausysitės pamokymų apie dangų ir suprasite tai, tuomet galėsite gyventi tikėjimu ir viltimi, bei būti derlingais, atnešti šimteriopą, šešiasdešimteriopą, ar trisdešimteriopą vaisių. Kadangi galėsite elgtis pagal Dievo žodį, jūs būsite ne tik ištikimi savo pareigose, bet dar tapsite pasišventę ir ištikimi visuose Dievo namuose. Tuomet kokia gi yra toji Antroji dangaus karalystė? Kokie žmonės ten gyvens?

1. Kiekvienam po gražų asmeninį namą

Jau minėjau, kad patenkantys į Rojų ar Pirmąją karalystę gauna gėdingą išgelbėjimą, nes jų darbai neišlieka po ugninių išbandymų. Tačiau patekusieji į Antrąją karalystę turi tokį tikėjimą, kuris nugali ugninius išbandymus, jie gauna atlygius, kurie yra nepalyginami su Rojaus ar Pirmosios karalystės atlygiais. Dievas iš savo teisumo atlygina už tai, ką pasėjai.

Taigi, jeigu patekusio į Pirmąją karalystę džiaugsmą galima palyginti su auksinės žuvelės laime akvariume, patekusio į Antrą karalystę džiaugsmą galima palyginti su banginio džiaugsmu plačiame Ramiajame vandenyne.

Dabar pažvelkime į Antrosios karalystės ypatumus,

atkreipsime dėmesį į namus ir gyvenimo būdą.

Kiekvienam po gražų vieno aukšto asmeninį namą

Pirmojoje karalystėje namai yra kaip daugiabučiai, o Antrosios karalystės namai yra visiškai atskiri vienaaukščiai privatūs pastatai. Namai Antrojoje karalystėje yra nepalyginami su bet kuriais šio pasaulio gražiais namais, kotedžais ar vasarnamiais. Jie yra didingi, gražūs ir madingai papuošti gėlėmis ir medžiais.

Jeigu pateksite į Antrąją karalystę, jums bus padovanotas ne tik namas, bet ir jūsų mylimiausias dalykas. Jeigu norėsite baseino, jums bus duotas gražiai papuoštas auksu ir brangakmeniais baseinas. Jeigu norėsite gražaus ežero, gausite ežerą. Jeigu norėsite banketų salės, gausite ją. Jeigu jums patinka pasivaikščioti, gausite gražią gatvę su daugybe gėlių ir augalų, kur žaidžia daug gyvūnų.

Tačiau, iš visų išvardintų – baseino, ežero, banketų salės, gatvės ir t.t. – galėsite pasirinkti tik vieną dalyką, kuris labiausiai jums patinka. Kadangi žmonių nuosavybės Antrojoje karalystėje skiriasi, jie ateina vienas pas kitą į svečius ir mėgaujasi savo daiktais kartu.

Jeigu turintis pobūvių salę, bet neturintis baseino, nori plaukioti, jis gali nueiti į svečius pas savo kaimyną, kuris jį turi, ir ten smagiai praleisti laiką. Danguje žmonės tarnauja vienas kitam ir svečiai jiems niekada nenusibosta, todėl jie niekada nėra išvaromi. Jie tik apsidžiaugs ir bus laimingi, jei ateis svečių. Taigi, jeigu panorėsite kuo nors pasimėgauti, galėsite nueiti į svečius pas savo kaimynus ir pasinaudoti tuo, ką jie turi.

Žinoma, Antroji karalystė yra žymiai geresnė už Pirmąją visais atžvilgiais. Tačiau Naujoji Jeruzalė yra daug geresnė. Ten angelai netarnauja visiems Dievo vaikams. Namų dydis, grožis ir puošnumas yra labai skirtingi, kaip ir namus puošiančios medžiagos, spalvos ir brangakmenių ryškumas.

Durų lentelė su gražiu ir didingu apšvietimu

Namas Antrojoje karalystėje – tai vieno aukšto pastatas su durų lentele. Durų lentelėje nurodytas namo šeimininkas, kai kuriais ypatingais atvejais ten taip pat yra pažymėtas bažnyčios, kur jis tarnavo, pavadinimas. Tai yra parašyta ant durų lentelės: šeimininko vardas su gražiu ir didingu apšvietimu dangiškosiomis raidėmis, kurios yra panašios į arabų ar hebrajų raides. Tad žmonės Antroje karalystėje pavydėdami sakys: „Ak! Juk tas namas priklauso štai tokiam žmogui, kuris tarnavo štai tokioje bažnyčioje!"

O kodėl specialiais atvejais bus nurodytas ir bažnyčios pavadinimas? Dievas taip padaro, kad šiuo vardu didžiuotųsi ir jį gerbtų kiti nariai, kurie tarnavo toje bažnyčioje, kuri pastatė Didžiąją šventyklą, kad Jo antrojo atėjimo metu Jį sutiktų ore.

Tačiau Trečioje karalystėje ir Naujoje Jeruzalėje namai yra be durų lentelių. Šiose karalystėse nebus daug žmonių, tad pagal unikalų apšvietimą ir iš namų sklindančio aromato galėsite atpažinti, kam priklauso tas namas.

Gailestis dėl nevisiško pašventinimo

Žmonėms gali kilti klausimas: „Nejaugi danguje nebus

jaukumo dėl to, kad Rojuje nebus privačių namų, o Antrojoje karalystėje galima bus pasirinkti tik vieną norą?" Bet juk danguje nėra nepakankamumo ar nejaukumo. Žmonės niekada nejaučia nepatogumo dėl to, kad gyvena kartu. Jie nėra šykštuoliai, mielai dalinasi savo daiktais su kitais. Jie tik džiaugiasi dėl to, kad gali pasidalinti kuo nors su kitais, jiems tai teikia laimės.

Be to, jie neapgailestaus, jei turės tik vieną privačią nuosavybę ir nepavydės kitiems dėl jų turimų daiktų. Atvirkščiai, jie visuomet bus širdingai dėkingi Dievui Tėvui už tai, kad suteikė jiems žymiai daugiau, negu jie užsitarnavo, jie bus visada patenkinti, jų džiaugsmui ir žavėjimuisi nebus galo.

Vienintelis dalykas, dėl kurio jie gailėsis – tai dėl savo pastangų stokos, juk jie nebuvo visiškai pašventinti, kai gyveno šioje žemėje. Jiems gaila ir gėda stovėti prieš Dievą, nes viduje jie neatsikratė viso piktumo. Net kai jie matys tuos, kurie pateko į Trečiąją karalystę ar Naująją Jeruzalę, jie nepavydės jiems tų didingų namų ir šlovingų atlygių, tačiau gailėsis dėl to, kad visiškai nebuvo pašventinti.

Dievas yra teisus, Jis leidžia mums pjauti tai, ką pasėjome, atsilygina žmonėms už tai, ką jie padarė. Taigi, priklausomai nuo to, kokie pašventinti ir ištikimi esate šioje žemėje, Jis išduoda jums būstą ir atlygius danguje. Priklausomai nuo to, kokiu mastu gyvenate pagal Dievo Žodį, Jis atitinkamai ir maloningai jus apdovanoja.

Jeigu visiškai gyvenote pagal Dievo žodį, Jis 100 % suteiks jums danguje viską, ko panorėsite. Tačiau, jei nevisiškai gyvenate pagal Dievo Žodį, Jis apdovanos jus pagal jūsų darbus, ir apdovanos tikrai apsčiai.

Taigi, į kokį dangaus lygį bepatektumėte, jūs visuomet būsite dėkingi Dievui už tai, kad padovanojo jums žymiai daugiau, negu užsitarnavote šioje žemėje, ir amžinai gyvensite laimėje ir džiaugsmuose.

Šlovės vainikas

Dievas, apdovanojantis apsčiai, suteikia nevystančias karūnas Pirmosios karalystės gyventojams. Kokie vainikai yra duodami patekusiems į Antrąją karalystę?

Nors jie nebuvo visiškai pašventinti, bet jie šlovino Dievą, atlikdami savo pareigas. Tad jie gaus šlovės vainiką. Jeigu paskaitysite 1 Petro 5:1-4, jūs pamatysite, kad šlovės vainikas – tai atlygis, duodamas tiems, kurie ištikimai gyvendami pagal Dievo žodį, buvo tikru pavyzdžiu.

> *„Jūsų vyresniuosius raginu aš, irgi vyresnysis, Kristaus kentėjimų liudytojas ir dalyvis šlovės, kuri bus apreikšta: ganykite pas jus esančią Dievo kaimenę, prižiūrėdami ją ne iš prievartos, bet noriai, ne dėl nešvaraus pelno, bet uoliai, ne kaip viešpataujantys jums patikėtiems, bet būdami pavyzdžiu kaimenei. O kai pasirodys Vyriausiasis Ganytojas, jūs gausite nevystantį šlovės vainiką."*

Čia parašyta „nevystantis šlovės vainikas" dėl to, kad visi vainikai danguje yra amžini ir niekada nevysta. Jūs pamatysite, kad dangus yra tokia tobula vieta, kur viskas yra amžina ir net vainikai nevysta.

2. Kokie žmonės patenka į Antrąją karalystę?

Aplink Korėjos sostinę Seulą yra miestai-satelitai, o aplink juos yra maži miesteliai. Taip ir Danguje: Naujoji Jeruzalė yra Trečiojoje karalystėje, o aplink Trečiąją yra Antroji, Pirmoji bei Rojus.

Pirmoji dangaus karalystė yra skirta tiems, kurie buvo antrame tikėjimo lygyje ir stengėsi gyventi pagal Dievo žodį. Kokie žmonės patenka į Antrąją karalystę? Trečio tikėjimo lygio žmonės, gyvenantys Dievo Žodžiu, gali įžengti į Antrąją karalystę. Dabar detaliau panagrinėkime šį klausimą: kokie žmonės patenka į Antrąją karalystę?

**Antroji Karalystė:
vieta nevisiškai pašventintiems žmonėms**

Jeigu gyvenate pagal Dievo žodį ir atliekate savo pareigas, bet jūsų širdis dar nėra visiškai pašventinta, jūs galite patekti į Antrąją karalystę.

Jeigu esate gražus, protingas ir išmintingas, jus tikrai norėsite, kad jūsų vaikai būtų į jus panašūs. Tam tikra prasme Dievas, kuris yra šventas ir tobulas, nori, kad Jo tikri vaikai būtų panašūs į Jį. Jam reikia vaikų, kurie mylėtų Jį ir laikytųsi Jo įsakymų iš meilės, o ne iš pareigos. Jeigu tikrai mylite ką nors, jūs dėl to žmogaus galite padaryti net labai sunkų dalyką. O jeigu tikrai mylite Dievą savo širdyje, jūs galėsite išpildyti bet kokį Jo įsakymą su džiaugsmu širdyje.

Jūs besąlygiškai ir džiaugsmingai paklusite ir dėkosite Jam, vykdydami tai, ką Jis liepia, atsikratydami dalykų, kuriuos Jis nurodo, nedarydami uždraustų dalykų ir išpildydami Jo liepimus. Tačiau žmonės trečiame tikėjimo lygyje negali veikti pagal Dievo žodį su pilnu džiaugsmu ir dėkingumu širdyje, nes jie dar nepasiekė tinkamo meilės lygio.

Biblijoje yra minimi kūno darbai (Galatams 5:19-21), ir kūno geiduliai (Romiečiams 8:5). Kai vykdote esantį širdyje piktumą, tai yra vadinama kūno darbais. O nuodėmingoji prigimtis, kuri yra jūsų širdyje, bet nesimato išorėje, yra vadinama kūno geiduliais.

Žmonės trečiame tikėjimo lygyje yra atsikratę visų kūno darbų, kurie yra matomi išorėje, tačiau kūno geiduliai jų širdyse dar yra pasilikę. Jie vykdo tai, ką liepia Dievas, atsikrato to, ką nurodo Dievas, nedaro to, ką draudžia Dievas, ir daro tai, ką Jis sako. Tačiau piktumas nėra visiškai pašalintas iš jų širdžių.

O jeigu jūs atliekate savo pareigą, bet jūsų širdis nėra visiškai pašventinta, jūs galite nukeliauti į Antrąją karalystę. „Pašventinimas" – tai būklė, kai atsikratote visų blogybių ir jūsų širdyje išlieka vien gerumas.

Pavyzdžiui, sakykime, kad yra toks žmogus, kurio neapkenčiate. Jei išgirdote Dievo žodį, kuris sako „Neapkęsti negalima," jūs pasistengiate atsikratyti neapykantos. Galų gale, jūs jau nejaučiate tos neapykantos. Tačiau, jeigu tikrai jo nemylite savo širdyje, jūs dar nesate pašventintas.

Taigi, jeigu norite išugdyti savo tikėjimą iš trečio lygio į ketvirtą, labai svarbu stengtis atsikratyti nuodėmių iki kraujų.

Žmonės, įvykdę pareigas Dievo malone

Antroji karalystė – tai vieta tiems, kas nepasiekė visiško širdies pašventinimo, bet išpildė Dievo duotas pareigas. Pažiūrėkime, kokie žmonės patenka į Antrąją karalystę, nagrinėdami atvejį, kai mirė viena Manmin Džung-ang (Centrinėje) Bažnyčioje tarnavusi narė.

Jie kartu su vyru atėjo į Manmin Centrinę Bažnyčią jos įkūrimo metais. Ji kentėjo nuo rimtos ligos, bet po mano maldos buvo išgydyta, ir tuomet jos šeimos nariai įtikėjo. Jų tikėjimas augo, ji tapo vyresniąja diakone, jos vyras buvo vyresniuoju, o jų vaikai išaugo ir tarnauja Viešpačiui: vienas yra tarnautojas, kita – pastoriaus žmona, o dar vienas sūnus – šlovinimo misionierius.

Tačiau jai nepavyko atsikratyti viso piktumo ir tinkamai išpildyti savo pareigas, tačiau Dievo malone ji atgailavo, gerai įvykdė savo pareigas ir mirė. Dievas apreiškė man, kad ji gyvens Antrojoje dangaus karalystėje ir leido man pabendrauti su jos dvasia.

Kai ji pateko į Dangų, labiausiai ji gailėjosi dėl to, kad neatsikratė visų savo nuodėmių ir netapo visiškai pašventinta, be to, ji neišreiškė iš širdies dėkingumo savo ganytojui, kuris meldėsi už jos išgydymą ir su meile buvo jos vedliu.

Be to, ji galvojo, kad pagal savo tikėjimo darbus, tarnavimą Viešpačiui ir jos išpažinimą, ji galėjo patekti tik į Pirmąją karalystę. Tačiau kai jai beliko jau mažai laiko šioje žemėje per meilės kupiną jos ganytojo maldą ir Dievui įtikusius darbus jos tikėjimas greitai išaugo ir ji pateko į Antrąją karalystę.

Jos tikėjimas tikrai labai greitai išaugo prieš pat jai mirštant. Ji susikaupusi meldėsi ir išplatino tūkstančius bažnyčios naujienlaiškių visoje kaimynystėje. Ji nesirūpino savimi, ji norėjo tik ištikimai tarnauti Viešpačiui.

Ji papasakojo man apie savo namus, kuriuose ji gyvens

danguje. Ji pasakė, kad, nors tai yra vieno aukšto pastatas, šalia jo puikiai atrodo gražios gėlės ir medžiai, be to, jis toks didelis ir nuostabus, kad jo negalima palyginti su jokiu žemėje esančiu namu.

Žinoma, palyginus su namais Trečiojoje karalystėje arba Naujoje Jeruzalėje, jis atrodytų kaip lūšnelė su šiaudiniu stogu, bet ji buvo labai dėkinga už tai, nes jo neužsitarnavo. Ji panoro perduoti savo šeimai šiuos žodžius, kad jie pasiektų Naująją Jeruzalę.

„Dangus yra paskirstytas taip tiksliai. Šlovė ir šviesa visur yra labai skirtingi, todėl raginu jus dar kartą – pasiekite Naująją Jeruzalę. Norėčiau pasakyti savo šeimos nariams, kurie dar yra žemėje, kad neatsikratyti visų savo nuodėmių yra labai gėdinga, kai susitinki su Dievu Tėvu danguje. Atlygiai, kuriuos Dievas duoda tiems, kas patenka į Naująją Jeruzalę, ir namų didingumas – visa tai tiesiog kelia pavydą. Tad norėčiau perduoti jiems, kad neatsikratyti visų blogybių prieš Dievą yra labai gėdinga. Norėčiau perduoti šią žinią savo šeimos nariams, kad jie atsikratytų viso piktumo ir įžengtų į šlovingas Naujosios Jeruzalės vietas."

Taigi, raginu jus suprasti, kaip brangu ir vertinga yra pašventinti savo širdį ir pašvęsti savo kasdienį gyvenimą Dievo karalystei ir teisumui su dangaus viltimi, kad iš visų jėgų stengtumėtės patekti į Naująją Jeruzalę.

Ištikimi visuose dalykuose, bet nepaklūstantys dėl savo klaidingo teisumo supratimo

Dabar pažiūrėkime į dar vienos narės pavyzdį. Ji mylėjo Viešpatį ir ištikimai pildė savo pareigas, bet negalėjo patekti į Trečiąją karalystę dėl savo tikėjimo nepakankamumo.

Ji atėjo į Manmin Centrinę Bažnyčią dėl savo vyro ligos ir tapo aktyvia nare. Jos vyrą atnešė į bažnyčią ant neštuvų, tačiau jo skausmai išnyko ir atsistojęs jis pradėjo vaikščioti pats. Ar galite įsivaizduoti, kokia dėkinga ir laiminga ji buvo? Ji visuomet dėkojo Dievui, išgydžiusiam jos vyrą nuo ligos, bei savo pastoriui, kuris pasimeldė su meile. Ji buvo visada ištikima. Ji meldėsi už Dievo karalystę ir su dėkingumu visada meldėsi už savo ganytoją, kai kur nors ėjo, sėdėjo ar stovėjo, net kai gamino maistą.

Be to, ji mylėjo brolius ir seseris Kristuje, guodė kitus ir nelaukė sau paguodos, stiprindavo tikinčiuosius ir padėdavo jiems. Ji norėjo gyventi tik pagal Dievo žodį ir stengėsi atsikratyti visų nuodėmių „iki kraujų." Ji niekada niekam nepavydėdavo, nesiekė turėti pasaulietiškų turtų, visas pastangas dėjo į evangelijos skelbimą savo kaimynams.

Kadangi ji buvo ištikima Dievo karalystei, mano širdis buvo įkvėpta Šventosios Dvasios, nes mačiau jos ištikimumą, tad paprašiau, kad ji patarnautų per mano bažnyčios tarnavimą. Turėjau tikėjimą, kad jeigu ji išpildytų savo pareigas ištikimai, tuomet visi jos šeimos nariai kartu su vyru gautų dvasinį tikėjimą.

Tačiau jai nepavyko paklusti, nes ji žiūrėjo į aplinkybes ir buvo apimta kūniškų minčių. Netrukus ji mirė. Nevilties apimtas pradėjau melstis Dievui ir išgirdau jos išpažintį per dvasinį bendravimą:

„Net jei atgailausiu ir gailėsiuosi dėl nepaklusnumo ganytojui, laiko jau atgal negrąžinsi. Todėl meldžiuosi už Dievo karalystę ir už pastorių vis daugiau. Vieną dalyką noriu pasakyti jums, mano brangieji broliai ir seserys, – tai, ką sako ganytojas, yra Dievo valia. O nepaklusti Dievo valiai yra didžiausia nuodėmė, o kartu su ja, pyktis yra didžiausia nuodėmė. Dėl to žmonės turi problemų, o mane visi gyrė už tai, kad nepykau ir nusižemindavau, stengiausi paklusti visa savo širdimi. Tapau žmogumi, kuris trimituoja Viešpaties žinią. Diena, kai pamatysiu savo brangius brolius ir seseris, ateis greitai. Tiesiog nuoširdžiai viliuosi, kad mano brangieji broliai ir seserys mąsto blaiviai ir nieko nestokoja, kad taip pat lauktų tos dienos."

Ji papasakojo dar daugiau, paaiškino man priežastį, kodėl ji negalėjo patekti į Trečiąją karalystę – tai buvo dėl nepaklusnumo.

„Buvo keli nepaklusnumo atvejai prieš man patenkant į šią karalystę. Kartais aš sakydavau: „Ne! Ne! Ne!" kai klausiausi pamokslų. Aš neatlikau savo pareigos teisingai. Mano kūniškos mintys vertė mane galvoti, kad galėsiu išpildyti savo pareigas tik tuomet, kai pagerės mano aplinkybės. Dievo akyse tai buvo tokia didelė klaida."

Be to, ji pasakė, kad pavydėdavo tarnautojams ir bažnyčios finansų tvarkytojams, galvodama, kad jų atlygiai danguje bus didesni. Tačiau, kai ji pateko į dangų, ji pamatė, kad tai nėra pilna tiesa.

> „Ne! Ne! Ne! Tik tie, kas elgiasi pagal Dievo valią, gauna didžius atlygius ir palaiminimus. Jeigu lyderiai daro klaidas, tai yra žymiai didesnė nuodėmė, negu tai padarytų paprastas bažnyčios narys. Jiems reikia daugiau melstis. Lyderiams reikia būti ištikimesniems. Jiems reikia geriau mokyti. Jie turi turėti atskyrimą. Štai kodėl vienoje iš keturių evangelijų parašyta, kad vienas aklas veda kitą. Štai ką reiškia „ne visi būkite mokytojais" – žmogus bus palaimintas, jeigu iš visų jėgų stengsis užimti savo poziciją. O diena, kai mes visi susitiksime kaip Dievo vaikai amžinoje karalystėje, jau artėja. Taigi, visi turi atsikratyti visų kūno darbų, tapti teisiais ir būti tinkama Viešpatis nuotaka be negarbės, kai stovės prieš Dievą."

Taigi, turite suprasti, kad yra svarbu paklusti ne iš pareigos, bet iš džiaugsmo širdyje, iš meilės Dievui, bei pašventinti savo širdį. Be to, nereikia būti vien tik bažnyčios lankytoju. Pagalvokite apie save: į kokią dangišką karalystę galėsite patekti, jeigu Tėvas dabar pakvies jus namo?

Reikia būti ištikimiems visose savo pareigose ir gyventi pagal Dievo žodį, kad būtumėte visiškai pašventinti ir atitiktumėte visus reikalavimus, būtumėte pasiruošę įžengti į Naująją Jeruzalę.

1 Korintiečiams 15:41 yra parašyta, kiekvieno danguje

gaunama šlovė bus kitokia. Ten parašyta: „*Vienokia yra saulės šlovė, kitokia šlovė mėnulio ir dar kitokia šlovė žvaigždžių. Ir žvaigždė nuo žvaigždės skiriasi šlove.*"

Visi išgelbėtieji mėgausis amžinuoju gyvenimu danguje. Tačiau kai kurie gyvens Rojuje, o kiti – Naujoje Jeruzalėje, visi pagal savo tikėjimo saiką. Šlovės skirtumai yra tokie dideli, kai sunku tai išreikšti žodžiais.

Taigi Viešpaties vardu meldžiu, kad jūsų tikėjimo užtektų ne vien tik išsigelbėjimui. Kaip tas ūkininkas, kuris pardavė visą savo turtą, kad nusipirktų lauką ir iškastų lobį, gyvenkite tik pagal Dievo žodį ir atsikratykite viso pikto, kad galėtumėte įžengti į Naująją Jeruzalę bei gyventi šlovėje, kuri švyti kaip saulė.

9 skyrius

Trečioji Dangaus Karalystė

1. Angelai tarnauja visiems Dievo vaikams
2. Kokie žmonės patenka į Trečiąją karalystę?

*Palaimintas žmogus,
kuris ištveria pagundymą,
nes, kai bus išbandytas,
jis gaus gyvenimo vainiką,
kurį Viešpats pažadėjo
Jį mylintiems.*

- Jokūbo 1:12 -

Dievas yra Dvasia, Jis yra gerumas, šviesa ir meilė. Todėl Jis nori, kad Jo vaikai atsikratytų visų nuodėmių ir visokio blogio. Jėzus nužengė į šį pasaulį kūne, bet neturėjo dėmių, nes buvo pats Dievas. Kokiu žmogumi turite būti, kad taptumėte nuotaka, kuri priims Viešpatį?

Norėdami tapti tikru Dievo vaiku ir Viešpaties nuotaka, kuri amžinai gyvens meilėje su Dievu, turite atspindėti šventą Dievo širdį ir pašventinti save, atsikratydami visų piktybių.

Trečioji karalystė danguje – tai vieta būtent tokiems Dievo vaikams, kurie yra šventi ir atspindi Dievo širdį. Ji labai skiriasi nuo Antrosios karalystės. Kadangi Dievas neapkenčia pikto ir mėgsta gerumą, Jis turi ypatingus santykius su savo pašventintais vaikais. Tuomet kokia gi yra Trečioji dangaus karalystė? Kaip jūs turite mylėti Dievą, kad ten nueitumėte?

1. Angelai tarnauja visiems Dievo vaikams

Namai Trečiojoje karalystėje yra nepalyginamai didingesni ir nuostabesni už vieno aukšto namus Antrojoje karalystėje. Jie yra papuošti daugybe brangakmenių ir turi visus privalumus, kuriuos tik panorėtų jų šeimininkai.

Be to, Trečiojoje karalystėje ir aukštesniuose dangaus lygiuose kiekvienam gyventojui yra priskiriamas individualus angelas, kuris mylės ir brangins savo šeimininką, bei tarnaus jam ar jai iš visų jėgų.

Angelai tarnauja asmeniškai

Žydams 1:14 parašyta: *„Argi jie visi nėra tarnaujančios dvasios, išsiųstos tarnauti tiems, kurie paveldės išgelbėjimą?"* Angelai – tai absoliučiai dvasinės būtybės. Jie yra panašūs savo forma į žmones, kaip Dievo tvariniai, bet jie neturi fiziško kūno ir kaulų, nesituokia ir nemiršta. Jie neturi savo charakterio ypatumų, kaip žmonės, bet jų žinios ir jėga yra žymiai didesni už žmogiškąsias (2 Petro 2:11).

Žydams 12:22 parašyta apie nesuskaitomų tūkstančių angelų skaičių, tai reiškia, kad danguje jų yra didelė galybė. Dievas davė angelams tvarką ir rangus, paskyrė jiems skirtingas užduotis ir leido jiems turėti valdžią tiems uždaviniams.

Taigi yra skirtingų angelų: angelai, dangiškoji kareivija ir arkangelai. Pavyzdžiui, Gabrielius, kuris tarnauja kaip civilinis pareigūnas, ateina pas jus su atsakymais į jūsų maldas arba su pranešimais apie Dievo planus ir apreiškimus (Danieliaus 9:21-23; Luko 1:19, 1:26-27). Arkangelas Mykolas, kuris yra kaip kariuomenės pareigūnas, yra dangiškosios kareivijos vadas. Jis kontroliuoja kovas prieš piktąsias dvasias, o kartais ir pats nugali tamsos fronto linijas (Danieliaus 10:13-14, 10:21; Judo 1:9; Apreiškimo 12:7-8).

Tarp šių angelų yra ir tie, kurie asmeniškai tarnauja savo šeimininkams. Rojuje, Pirmojoje ir Antrojoje karalystėse yra angelai, kurie kartais padeda Dievo vaikams, tačiau asmeniškai tarnaujančių šeimininkams ten nėra. Ten yra tik angelai, kurie tvarko žolę, gėlėmis apsodintus kelius bei viešąsias įstaigas, kad nebūtų nepatogumų, o yra angelai, kurie atneša žinias iš Dievo.

O Trečiojoje karalystėje ar Naujoje Jeruzalėje yra dovanojami asmeniniai angelai, nes tie žmonės mylėjo Dievą ir įtiko Jam. Nuo to, kiek atspindėjote Dievą ir įtikdavote Jam savo paklusnumu, priklausys, kiek angelų bus priskirta tam žmogui.

Jeigu jums bus padovanotas didelis namas Naujoje Jeruzalėje, bus duota daugybė angelų, nes tai reiškia, kad šeimininkas atspindėjo Dievo širdį ir atvedė daug žmonių į išgelbėjimą. Bus angelų, kurie tvarkys namus, kai kurie angelai tvarkys infrastruktūrą ir padovanotus atlygius, o kiti asmeniškai tarnaus šeimininkui. Ten bus labai daug angelų.

Jeigu pateksite į Trečiąją karalystę, turėsite ne tik asmeniškai jums tarnaujančius angelus, bet ir tuos, kurie tvarkys jūsų namus, bus durininkais ir svečių pagalbininkais. Jeigu būsite Trečiojoje karalystėje, jūs vis dėkosite Dievui už tai, kad Jis leido jums viešpatauti per amžių amžius padedamiems angelų, o juos Dievas suteiks kaip amžinus apdovanojimus.

Didingi kelių aukštų namai

Šalia Trečiosios karalystės namų, kurie yra papuošti gražiomis gėlėmis, auga medžiai, skleidžiantys puikius aromatus, bei yra sodai ir ežerai. Ežeruose daug žuvų, ir dar žmonės gali su jomis bendrauti ir išreikšti joms savo meilę. Be to, angelai ten groja gražią muziką, ir žmonės gali garbinti Dievą Tėvą kartu su jais.

Antrojoje karalystėje gyventojai gali turėti tik vieną mėgstamą dalyką, o Trečiojoje – gali turėti viską, ką tik nori: golfo aikštyną, baseiną, ežerą, pasivaikščiojimo taką, pobūvių salę, ir t.t. Taigi, jiems nereikia eiti pas savo kaimynus, kad pasimėgautų tuo, ko jie patys neturi, jie gali patys mėgautis kiek tik nori.

Namai Trečiojoje karalystėje yra kelių aukštų didingi,

nuostabūs ir platūs pastatai. Jie yra taip gražiai papuošti, kad joks milijardierius šioje žemėje negalėtų juos pamėgdžioti.

Tarp kita ko Trečiojoje karalystėje ant durų nėra lentelių. Žmonės ir be lentelių žino, kas gyvena tuose namuose, nes namas skleidžia unikalų aromatą, kuris išreiškia tyrą ir nuostabią šeimininko širdį.

Namai Trečiojoje karalystėje turi įvarius kvapus ir skirtingo ryškumo apšvietimą. Kuo daugiau šeimininkas atspindi Dievo širdį, tuo puikesnis yra kvapas ir ryškesnis apšvietimas.

Be to, Trečiojoje karalystėje yra dovanojami gyvūnai ir paukščiai, o jie yra žymiai gražesni, puikesni ir mielesni už tuos, kurie gyvena Pirmojoje ir Antrojoje karalystėse. Taip pat ir debesų automobiliai yra dovanojami viešajam naudojimuisi, tad žmonės gali keliauti visur po begalinį dangų kiek tik nori.

Kaip jau buvo minima, Trečiojoje karalystėje gyventojai gali turėti viską, ko tik pageidauja. Gyvenimas Trečiojoje karalystėje yra tiesiog neįsivaizduojamas.

Gyvenimo vainikas

Apreiškimo 2:10 yra pažadas apie „gyvenimo vainiką", kuris bus dovanojamas tiems, kas buvo ištikimais iki mirties dėl Dievo karalystės.

Nebijok būsimųjų kentėjimų. Štai velnias įmes kai kuriuos jūsiškius į kalėjimą, kad būtumėte išbandyti. Jūsų laukia dešimties dienų priespauda. Būk ištikimas iki mirties, ir Aš tau duosiu gyvenimo vainiką.

Frazė „būk ištikimas iki mirties" čia reiškia ne tik tai, kad reikia būti ištikimu ir turėti kankinio tikėjimą, bet ir neiti į kompromisus su šiuo pasauliu ir tapti visiškai šventu, išmetus visas nuodėmes „iki kraujų." Dievas apdovanoja visus tuos, kas įžengia į Trečiąją karalystę gyvenimo vainikais, nes jie buvo ištikimais iki mirties ir ištvėrė visus pagundymus bei sunkumus (Jokūbo 1:12).

Kai Trečiosios karalystės gyventojai apsilanko Naujoje Jeruzalėje, jie priklijuoja apvalų ženkliuką ant savo karūnos dešiniojo krašto. Kai Rojaus, Pirmosios ar Antrosios karalysčių gyventojai apsilanko Naujoje Jeruzalėje, jie priklijuoja sau ženkliuką ant krūtinės iš kairės pusės. Taip matysis, kad Trečiosios karalystės gyventojų šlovė yra kitokia.

Tačiau Naujoje Jeruzalėje gyventojai yra ypatingai globojami Dievo, tad jiems nereikia ženkliukų, kad juos atpažintume. Jiems skirta ypatinga priežiūra, kaip tikriems Dievo vaikams.

Namai Naujoje Jeruzalėje

Namai Trečiojoje karalystėje skiriasi savo dydžiu, grožiu ir šlove nuo namų Naujoje Jeruzalėje.

Pirma, sakykime, jeigu mažiausio namo Naujoje Jeruzalėje dydis būtų 100 vienetų, Trečiosios karalystės namo dydis tuomet būtų 60 vienetų. Pavyzdžiui, jeigu mažiausias namas Naujoje Jeruzalėje yra 300,000 kv. metrų, namas Trečiojoje karalystėje būtų 180,000 kv. metrų.

Tačiau individualių namų dydžiai skirsis, nes tai visiškai priklausys nuo to, kiek šeimininkas darbavosi, gelbėdamas sielas ir statydamas Dievo bažnyčią. Jėzus tarė Mato 5:5: „*Palaiminti romieji, nes jie paveldės žemę,"* taigi, priklausomai nuo to, kiek sielų namų šeimininkas parvedė į dangų su romia širdimi, toks bus ir namo, kuriame jis ar ji gyvens, dydis.

Taigi, Trečiojoje karalystėje ir Naujoje Jeruzalėje yra daug namų dešimčių tūkstančių kv. metrų dydžių, bet net didžiausias namas Trečiojoje karalystėje yra žymiai mažesnis už namus Naujoje Jeruzalėje. Be to, jų dydis, forma ir grožis bei papuošiančios brangenybės taip pat bus skirtingi.

Naujoje Jeruzalėje yra ne tik dvylika brangakmenių pamatams, ten yra ir daug kitų gražių akmenų. Ten yra neįsivaizduojamai dideli gražiausių spalvų brangakmeniai. Brangakmenių tiek daug, kad jų visų tiesiog neišvardinsi, o kai kurie jų švyti dvigubai ar net trigubai.

Žinoma, Trečiojoje karalystėje yra daug brangakmenių. Tačiau nepaisant jų įvairovės Trečiojoje karalystėje brangakmeniai yra nepalyginami su tais, kurie yra Naujoje Jeruzalėje. Trečiojoje karalystėje nėra brangakmenių, kurie blizgėtų dvigubai ar trigubai stipriau. Trečiojoje karalystėje esantys brangakmeniai blizga žymiai gražiau palyginus su tais, kurie yra Pirmojoje ar Antrojoje karalystėse, tačiau ten yra tik paprasti brangakmeniai, ir net tos pačios rūšies akmuo bus ne toks gražus, kaip Naujoje Jeruzalėje.

Štai kodėl žmonės Trečiojoje karalystėje, gyvenantys už kupinos Dievo šlovės Naujosios Jeruzalės ribų, žiūri jos link ir svajoja gyventi ten amžinai.

„Gaila, kad nepasistengiau dar labiau, ir
nebuvau ištikimu visuose Dievo namuose..."
„Jeigu tik Tėvas dar kartą mane pašauktų..."

„Gaila, kad niekas manęs nepakvies..."

Trečiojoje karalystėje yra nepalyginamai daug laimės ir grožio, bet Naujoje Jeruzalėje to yra žymiai daugiau.

2. Kokie žmonės patenka į Trečiąją karalystę?

Kai atveriate savo širdį ir priimate Jėzų Kristų kaip savo asmeninį Išgelbėtoją, Šventoji Dvasia ateina ir paaiškina jums, kas yra nuodėmė, teisumas, teismas ir leidžia jums suprasti tiesą. Kai paklūstate Dievo žodžiui, atsikratote viso blogio ir tampate pašventintais, jūsų dvasios būklė gerėja – esate ketvirtame tikėjimo lygyje.

Ketvirto tikėjimo lygio žmonės labai myli Dievą ir yra Dievo mylimi, tad gali įžengti į Trečiąją karalystę. Taigi, kokie gi žmonės turi tikėjimą, kuris leidžia įžengti į Trečiąją karalystę.

Pasišventinimas per visokio blogio atsikratymą

Senojo Testamento laikais žmonės neturėjo Šventosios Dvasios. Tad savo jėgomis jie negalėjo atsikratyti savo nuodėmių, paslėptų giliai širdyje. Štai kodėl jie turėjo fizinį apipjaustymą, ir jeigu nuodėmė nepasireikšdavo veiksmais, tai nebuvo laikoma nuodėme. Net jeigu žmogus turėtų ketinimą ką nors užmušti, tai nebūtų laikoma nuodėme, jeigu ši mintis netaptų veiksmu. Tik tuomet, kai mintis pasireikšdavo, tai buvo nuodėmė.

Tačiau Naujojo Testamento laikais, jeigu priimate Viešpatį Jėzų Kristų, į jūsų širdį įeina Šventoji Dvasia. Jeigu jūsų širdis nėra pašventinta, negalėsite įžengti į Trečiąją karalystę. Taip yra dėl to, kad jūs galite Šventosios Dvasios pagalba apipjaustyti savo širdį.

Taigi, galite patekti į Trečiąją karalystę tik jeigu atsikratysite viso blogio, t.y. neapykantos, svetimavimo, pavydo, ir t.t., ir toliau tapsite pašventinti. Tad koks žmogus turi pašventintą širdį? Tas, kuris turi dvasinę meilę, aprašytą 1 Korintiečiams 13 skyriuje, devynis Šventosios Dvasios vaisius iš Galatams 5 skyriaus ir įgyvendina Palaimas iš Mato 5 skyriaus, bei atspindi Viešpaties šventumą.

Žinoma, tai nereiškia, kad jis yra jau tame pačiame lygyje, kaip Viešpats. Kiek nuodėmių žmogiškoji būtybė neišmestų, ir kiek besistengtų būti pašventinta, jos lygis labai skirsis nuo Dievo, kuris yra šviesos šaltinis.

Taigi, norėdami pašventinti savo širdį pirma turite savo širdį paversti tinkama dirva. Kitaip tariant, jūsų širdis taps gera dirva, jei nedarysite to, ką Biblija draudžia daryti, ir atsikratysite to, ką lieps Biblija. Tik tuomet galėsite duoti gerus vaisius, kai yra sėjamos sėklos. Kaip ūkininkas, patvarkęs žemę, sėja sėklas, taip ir jumyse sėklos dygsta, žydi ir atneša vaisių, kai jūs darote tai, ką liepia Dievas, ir išpildote Jo valią.

Taigi, pašventinimas – tai tokia būklė, kai apsivalote nuo pirmagimės ir savo padarytos nuodėmės per Šventosios Dvasios darbus, kai gimstate iš naujo per vandenį ir Šventąją Dvasią, tikėdami atperkančia Jėzaus Kristaus jėga. Yra skirtumas tarp nuodėmių atleidimo per tikėjimą Jėzaus Kristaus krauju ir vidinės nuodėmingosios prigimties atsikratymo per Šventosios Dvasios pagalbą uoliomis ir dažnomis maldomis ir pasninkais.

Jeigu priėmėte Jėzų Kristų ir tapote Dievo vaiku, tai dar nereiškia, kad visos jūsų nuodėmės yra visiškai pašalintos iš jūsų širdies. Jumyse dar yra blogis – neapykanta, išdidumas, ir t.t., ir štai kodėl blogio suradimo procesas vyksta per Dievo žodžio klausymą ir kovą prieš tai iki kraujų, kuri yra gyvybiškai svarbi (Žydams 12:4).

Štai kaip galima atsikratyti kūno darbų ir eiti toliau pašventinimo link. Tokia būklė, kai atsisakote savo širdyje ne tik kūno darbų, bet ir kūno geismų, priklauso ketvirtam tikėjimo lygiui, ir tai yra pašventinimo būklė.

Pašventinimas tik po prigimties nuodėmių atsikratymo

Taigi, kas yra jūsų prigimties nuodėmės? Tai visos tos nuodėmės, kurios persidavė jums per gyvenimo sėklas iš tėvų nuo Adomo nepaklusnumo laikų. Pavyzdžiui, vaikas, kuriam dar nėra vienerių metų, turi piktumą savo prote. Nors motina jo nemokina pykčio ar pavydo, jis vis vien pyksta ir blogai elgiasi, jeigu motina savo krūtį duoda kaimyno vaikui. Jis stengsis pastumti kaimyno vaiką ir šauks iš pykčio, jeigu to vaiko nepaims jo mama.

Taigi, netgi kūdikis išsiskiria blogais veiksmais, nors jų neišmoko – taip yra dėl to, kad jo prigimtyje yra nuodėmė. Be to, paties žmogaus nuodėmės – tai nuodėmingų norų išraiška fizinių veiksmų forma.

Žinoma, jeigu esate pašventintas nuo pirmagimės nuodėmės, automatiškai atkris ir jūsų paties padarytos nuodėmės, nes bus pašalinta visų nuodėmių šaknis. Tuomet dvasinis atgimimas – tai pašventinimo pradžia, o pats pašventinimas yra atgimimo viršūnė. Taigi, jeigu esate gimę iš naujo, tikiuosi, kad gyvensite laimingai ir krikščioniškai bei įgyvendinsite pašventinimą.

Jeigu tikrai norite būti pašventintais ir vėl atspindėti prarastą Dievo atvaizdą, jums reikia stengtis iš visų jėgų ir tuomet galėsite atsikratyti savo prigimties nuodėmių Dievo malone ir jėga bei Šventosios Dvasios pagalba. Tikiuosi, kad jums pavyks atspindėti šventą Dievo širdį, nes Jis ragina mus: *„Būkite šventi, nes Aš esu šventas"* (1 Petro 1:16).

Pašventinti, bet nevisiškai ištikimi visuose Dievo namuose

Dievas leido man turėti dvasinį kontaktą su žmogumi, kuris jau yra miręs ir pateko į Trečiąją karalystę. Jos namo vartai yra papuošti perlų arkomis, nes ji daug ir atkakliai meldėsi su ašaromis ir raudomis, kai gyveno čia žemėje. Tai buvo ištikima tikinčioji, kuri meldėsi už Dievo karalystę ir teisumą, už savo bažnyčią ir jos tarnautojus bei narius su dideliu atkaklumu ir ašaromis.

Prieš sutikdama Viešpatį ji buvo vargšė ir nesėkminga, net negalėjo sau nusipirkti aukso gabaliuko. Priėmusi Viešpatį ji skubėjo tapti pašventinta, nes pakluso tiesai, kai ją suprato ir jos klausėsi Dievo žodyje.

Be to, ji gerai įvykdė savo pareigas, nes ją ilgai mokė tarnautojas, kurį labai myli Dievas, ir ji tarnavo jam gerai. Už tai ji atsidūrė šviesesnėje ir šlovingesnėje dangaus vietoje – Trečiojoje karalystėje.

Vėliau labai ryškus brangakmenis iš Naujosios Jeruzalės atsiras ant jos namo vartų. Šį brangakmenį padovanos jai tarnautojas, kuriam ji patarnaudavo čia žemėje. Jis paims vieną iš savo brangakmenių, puošiančių jo svetainę, ir patalpins ant jos namo, kai ateis į svečius. Tas brangakmenis bus ženklu, rodančiu tai, kad tarnautojas, kuriam ji tarnavo šioje žemėje, ilgėsis jos, nes jai nepavyko patekti į Naująją Jeruzalę, nors ji buvo tikra jo pagalbininkė šiame pasaulyje. Daugelis žmonių Trečiojoje karalystėje pavydės šio brangakmenio.

Tačiau ji vis tiek gailisi, kad negalėjo patekti į Naująją Jeruzalę. Jeigu jai užtektų tikėjimo įžengti į Naująją Jeruzalę, ji būtų su Viešpačiu, su tarnautoju, kuriam ji patarnaudavo šioje žemėje ir kitais mylimais jos bažnyčios nariais. Jei ji būtų šiek tiek ištikimesnė šioje žemėje, ji galėtų patekti į Naująją Jeruzalę, tačiau dėl nepaklusnumo ji praleido savo galimybę, kai ji buvo jai suteikta.

Nepaisant viso šito ji yra be galo dėkinga ir labai paliesta tos šlovės, kuri buvo jai suteikta Trečiojoje karalystėje, jos liudijimas yra pateiktas žemiau. Jai belieka dėkoti, nes ji gavo vertingus apdovanojimus, kurių savo pastangomis ji negalėtų užsidirbti.

„Nors man nepavyko patekti į Naująją Jeruzalę, kupiną Tėvo šlovės, nes nebuvau visiškai tobula, mano namas dabar yra šioje gražioje Trečiojoje karalystėje. Mano namas yra toks didelis ir gražus. Nors jis nėra toks didelis, kaip namai Naujoje Jeruzalėje, man buvo padovanota tiek fantastiškų ir puikių dalykų, kurių pasaulis negali įsivaizduoti.

Aš gi nieko tam nepadariau. Aš gi nieko tam nepaaukojau. Aš gi nieko tikrai naudingo nepadariau. Ir aš gi niekuo tikrai nepradžiuginau Viešpaties. Tačiau šlovė, kurią turiu čia, yra tokia didi, kad man belieka tik gailėtis ir dėkoti. Dėkoju Dievui už tai, kad leido man atsidurti šlovingesnėje dangaus vietoje – Trečiojoje karalystėje."

Žmonės, turintys kankinystės tikėjimą

Kaip ir tas žmogus, kuris labai myli Dievą ir tampa pašventintas savo širdyje, gali įžengti į Trečiąją karalystę, taip ir jūs galite patekti bent į Trečiąją karalystę, jeigu turite kankinystės tikėjimą, kurio pagalba jūs galite paaukoti viską, net savo gyvybę, dėl Dievo.

Ankstyvos krikščionių bažnyčios nariai, kurie pasilikdavo tikėjime, nors jiems nukirsdavo galvas, jie buvo sudraskomi liūtų Romos Koliziejuje, arba buvo sudeginti, gaus kankinių apdovanojimus danguje. Tokiomis žiauriomis persekiojimų ir grėsmių sąlygomis sunku būti kankiniu.

Jus supa žmonės, kurie nešventina Viešpaties dienos arba ignoruoja savo Dievo duotas pareigas, nes trokšta pinigų. Tokie žmonės, kurie negali paklusti smulkmenose, niekada neišsaugos savo tikėjimo, kai jų gyvybei grės pavojus, jau nekalbant apie kankinystę.

Kokie žmonės turi kankinių tikėjimą? Tai teisieji ir tvirtos širdies žmonės, kaip Danielius iš Senojo Testamento. Abejojantys ir savanaudžiai bei kompromisą su pasaulių mėgstantys asmenys turi labai mažai šansų tapti kankiniais.

Tikri kankiniai turi turėti nesikeičiančią širdį, kaip Danielius. Jis išsaugojo tikėjimo teisumą, puikiai žinodamas, kad jam už tai teks patekti į duobę su liūtais. Jis iki pat paskutinės akimirkos išsaugojo savo tikėjimą, kai buvo įmestas į duobę su liūtais dėl piktų žmonių sumanymo. Danielius nesvyravo tiesoje, nes jo širdis buvo tyra ir švari.

Tas pats vyko su Steponu Naujajame Testamente. Jis buvo sumuštas akmenimis dėl Viešpaties evangelijos pamokslavimo. Be to, Steponas buvo pašventintas žmogus, kuris galėjo melstis net už tuos, kurie užmušė jį akmenimis nepaisant jo nekaltumo. Kaip stipriai Viešpats mylės tokį žmogų? Jis vaikščios su Viešpačiu danguje amžinai, jo šlovė ir grožis bus stebinantys. Taigi, turite suprasti, kad svarbiausia yra turėti pašventintą ir teisią širdį.

Šiomis dienomis yra labai mažai žmonių, turinčių tikrą tikėjimą. Pats Jėzus buvo paklausęs: *„Bet ar atėjęs Žmogaus Sūnus beras žemėje tikėjimą?"* (Luko 18:8) Kokie brangūs jūs būsite Dievo akyse, jeigu tapsite pašventintu vaiku, išsaugoję tikėjimą ir atmetę visą piktumą šiame pasaulyje, pilname nuodėmių!

Taigi, Viešpaties vardu meldžiu, kad uoliai melstumėtės ir greitai pašventintumėte savo širdį, laukdami šlovės ir apdovanojimų, kuriuos Dievas Tėvas duos jums danguje.

10 skyrius

Naujoji Jeruzalė

1. Naujoje Jeruzalėje žmonės matys Dievą akis į akį
2. Kokie žmonės patenka į Naująją Jeruzalę?

*Ir aš, Jonas, išvydau šventąjį miestą – naująją
Jeruzalę,
nužengiančią iš dangaus nuo Dievo;
ji buvo pasiruošusi kaip nuotaka,
pasipuošusi savo sužadėtiniui.*

- Apreiškimo 21:2 -

Naujoje Jeruzalėje – gražiausioje dangaus vietoje, pilnoje Dievo šlovės – yra Dievo sostas, Viešpaties ir Šventosios Dvasios pilys, bei Dievui įtikusių žmonių su aukščiausiu tikėjimo lygiu namai.

Namai Naujoje Jeruzalėje yra paruošiami gražiausiu būdu, kaip jų būsimieji šeimininkai pageidauja. Norėdami patekti į Naująją Jeruzalę, kuri yra tviskanti ir graži kaip krištolas, bei mėgautis meile su Dievu amžinai, turite ne tik atspindėti Dievo šventą širdį, bet ir visiškai išpildyti savo pareigas, kaip tai padarė Viešpats Jėzus.

Tuomet kokia gi yra ta Naujoji Jeruzalė? Kokie žmonės ten pateks?

1. Naujoje Jeruzalėje žmonės matys Dievą akis į akį

Naujoji Jeruzalė, taip pat vadinama dangaus Šventuoju Miestu, yra labai graži, kaip nuotaka, pasiruošusi savo sužadėtiniui. Jos gyventojai turi privilegiją susitikti su Dievu akis į akį, nes ten yra Jo sostas.

Ji taip pat vadinama „šlovės miestu," nes įžengę į Naująją Jeruzalę jūs amžinai gausite Dievo šlovę. Jos siena yra iš jaspio, miestas – iš tyro aukso, tyro kaip stiklas. Iš visų keturių pusių – šiaurinės, pietinės, vakarinės ir rytinės – ji turi po tris vartus, ir kiekvieną saugo angelas. Dvylika šio miesto pamatų yra iš dvylikos skirtingų brangakmenių.

Dvylika Naujosios Jeruzalės perlo vartų

Kodėl gi dvylika Naujosios Jeruzalės vartų yra iš perlų? Kriauklė gali gyvuoti ilgą laiką, ji visas savo sultis atiduoda tam, kad pagamintų vieną perlą. Taip ir jūs turite atsikratyti nuodėmių, kovoti prieš jas iki kraujų ir būti ištikimu iki mirties prieš Dievą, praktikuoti ištvermę ir savikontrolę. Dievas padarė vartus iš perlų, nes jūs turite nugalėti savo aplinkybes su džiaugsmu, kad įvykdytumėte Dievo jums duotas pareigas, nors einate siauru keliu.

Taigi, kuomet įžengiantis į Naująją Jeruzalę žmogus praeina pro perlų vartus, iš jo akių liejasi džiaugsmo ir susijaudinimo ašaros. Jis visą neišreiškiamą padėką atiduoda Dievui, kuris atvedė jį į Naująją Jeruzalę.

O kodėl Dievas pagamino dvylika pamatų iš dvylikos skirtingų brangakmenių? Nes dvylikos brangakmenių derinio prasmingumas atspindi Viešpaties ir Tėvo širdį.

Taigi, reikia suprasti dvasinę kiekvieno brangakmenio prasmę ir atspindėti jų dvasinę prasmę savo širdyje, jei norite įžengti į Naująją Jeruzalę. Detaliau apie šias prasmes skaitykite antrojoje knygoje apie Dangų, kuri vadinasi „Pripildytas Dievo šlovės."

Namai Naujoje Jeruzalėje – tobula vienybė ir įvairovė

Namai Naujoje Jeruzalėje savo dydžiu ir puikumu yra panašūs į pilis. Kiekvienas yra savitas pagal šeimininko pageidavimus, visi jie išsiskiria tobula vienybe ir įvairove. Be to, įvairios spalvos ir šviesos, kuriomis blizga brangakmeniai, apgaubia neapsakomu grožio ir šlovės jausmu.

Tiesiog pažiūrėję į namą, žmonės gali iš karto suprasti, kieno jis. Žiūrėdami į brangakmenių šviesą ir šlovę, puošiančias namą, jie gali suprasti, kaip jo šeimininkas įtiko Dievui žemėje.

Pavyzdžiui, kankinio namas turės papuošimus ir užrašus apie šeimininko širdį ir jo kankinystė pasiekimus. Užrašai, išraižyti ant auksinės lentelės, ryškiai spindi. Joje bus parašyta: „Šio namo savininkas tapo kankiniu ir įvykdė Tėvo valią ___ metų ___ mėnesio ___ dieną."

Jau nuo pat vartų žmonės matys auksinės lentelės, kur bus surašyti savininko nuopelnai, ryškią šviesą, ir visi ją pamačiusieji, nusilenks. Kankinystė – tai didžiulė šlovė ir atlygis, Dievui tai teikia džiaugsmą ir pasididžiavimą.

Kadangi danguje nėra piktumo, žmonės automatiškai nulenkia galvą prieš žmogaus rangą ir Dievo meilės jam gilumą. Be to, kaip žmonės įteikia garbės ženklelį arba medalius už nepriekaištingą tarnybą, pabrėždami puikius nuopelnus, Dievas taip pat suteikia kiekvienam garbės ženklelį už tai, kad tas žmogus Jį garbino. Pastebėtina tai, kad aromatai ir šviesos skiriasi pagal garbės ženklelius.

Taip pat Dievas gyventojų namuose palieka tam tikrą dalyką, kuris primena jiems apie gyvenimą žemėje. Žinoma, netgi danguje galima peržiūrėti praeities įvykius per kažką panašaus į televiziją.

Aukso ar teisumo vainikas

Jeigu patenkate į Naująją Jeruzalę, jums iš esmės bus įteiktas asmeninis namas ir aukso vainikas, o teisumo karūna bus duodama pagal nuopelnus. Tai – šlovingiausia ir gražiausia karūna danguje.

Pats Dievas įteikia aukso karūnas tiems, kas patenka į Naująją Jeruzalę, o aplinkui sostą yra dvidešimt keturi vyresnieji, jų galvas puošia aukso vainikai.

Aplinkui sostą yra dvidešimt keturi vyresnieji baltais drabužiais, o jų galvas puošia aukso vainikai (Apreiškimo 4:4).

„Vyresnieji" – tai ne pareigos, kurios yra skiriamos žemiškoje bažnyčioje, tai – teisingai Dievo akyse gyvenantys ir Jo pripažinti žmonės. Jie yra pašventinti, jų širdis tapo šventykla, ir regimai jie tapo šventykla. „Padaryti savo širdį šventykla" reiškia tapti dvasingu žmogumi, atsikračius visų blogybių. Tapti matoma šventykla reiškia teisingai vykdyti šioje žemėje savo pareigas.

Skaičius „dvidešimt keturi" reiškia visus žmones, kurie tikėjimu įžengė pro išgelbėjimo vartus, kaip dvylika Izraelio giminių, ir kurie tapo pašventintais, kaip dvylika Viešpaties Jėzaus mokinių. Taigi, „dvidešimt keturi" reiškia Dievo vaikus, kurie yra Dievo pripažinti ir ištikimi visuose Dievo namuose.

Beje, turintys nesikeičiantį aukso tikėjimą gaus aukso vainiką, o tie, kurie laukia Jo pasirodymo, kaip apaštalas Paulius, gaus teisumo vainiką.

„Aš kovojau gerą kovą, baigiau bėgimą, išlaikiau tikėjimą. Nuo šiol manęs laukia teisumo vainikas, kurį aną dieną man duos Viešpats, teisingasis Teisėjas, – ir ne tik man, bet ir visiems, kurie pamilo Jo pasirodymą" (2 Timotiejui 4:7-8).

Tie, kurie laukia Jo pasirodymo, būtinai gyvens šviesoje ir tiesoje, ir bus gerai paruoštais indais bei Viešpaties nuotakomis. Jie gaus ir atitinkamas karūnas.

Apaštalas Paulius nebuvo sustabdytas jokių persekiojimų ar sunkumų ir stengėsi plėsti Dievo karalystę bei pasiekti Jo teisumo visuose savo veiksmuose. Jis didžiai parodė Dievo šlovę, kur tik eitų, atkakliai vykdė savo darbus. Štai kodėl Dievas paruošė apaštalui Pauliui teisumo karūną. Ir Jis jas įteiks visiems, kas, kaip Paulius, laukia Jo pasirodymo.

Visi jų širdies norai išsipildys

Tai, ką planavote šioje žemėje, ką mėgote, bet dėl Viešpaties, palikote – Dievas suteiks jums visa tai gražių apdovanojimų forma Naujoje Jeruzalėje.

Tad Naujoje Jeruzalėje namuose yra viskas, ką norėjote turėti, kad galėtumėte daryti tai, ką labai mėgstate. Kai kurie namai yra su ežerais, kad jų šeimininkai galėtų plaukioti valtimi; kiti turi mišką, kur jie gali pasivaikščioti. Žmonės taip pat mėgsta bendrauti su savo artimaisiais prie arbatinio staliuko gražaus sodo kampelyje. Yra namai su pievomis, vejomis ir gėlėmis, kad žmonės galėtų vaikščioti arba giedoti gyrių kartu su įvairias gyvūnais ir paukščiais.

Taip Dievas danguje paruošė viską, ko norėjote šioje žemėje, ir nieko jums nepritrūks. Kai pamatysite visus šiuos dalykus, kuriuos Dievas taip rūpestingai jums paruošė, kaip giliai tai jus paveiks!

Jau pats faktas, kad galite gyventi Naujoje Jeruzalėje yra didelis džiaugsmas. Jūs nuolatos gyvensite stabilioje laimėje, šlovėje ir grožyje. Kur bepažiūrėtumėte – į žemę, į padangę ar dar kur nors – jūs būsite pilni džiaugsmo ir laimės.

Gyvendami Naujoje Jeruzalėje žmonės jaučiasi taikiai, patogiai ir saugiai, nes Dievas tai sukūrė dėl savo vaikų, kuriuos tikrai myli, ir kiekvienas kampelis ten yra pripildytas Jo meilės.

Taigi, ką bedarytumėte – ar jūs vaikščiojate, ilsitės, žaidžiate, valgote ar bendraujate su žmonėmis – jums bus džiugu ir gera. Medžiai, gėlės, žolė ir net gyvūnai – visa tai bus nuostabu, netgi pilies sienos, papuošimai ir namo patogumai rodys didingą šlovę.

Naujoje Jeruzalėje meilė Dievui Tėvui yra lyg šaltinis, tad būsite pripildyti amžinos laimės, dėkingumo ir džiaugsmo.

Pamatyti Dievą akis į akį

Naujoje Jeruzalėje, kur yra aukščiausias šlovės, grožio ir laimės lygis, galite susitikti su Dievu akis į akį ir pasivaikščioti su Juo, galite ten gyventi kartu su artimaisiais per amžius.

Be to, jus gerbs ne tik angelai ir dangiškoji kareivija, bet ir visi dangaus gyventojai. Be to, jūsų asmeniniai angelai tarnaus jums kaip karaliui, tobulai pildys visus jūsų norus ir pageidavimus. Jeigu norėsite paskraidyti danguje, jūsų asmeninis debesų automobilis atsiras prie jūsų kojų. Kai tik įeisite į debesų automobilį, galėsite skraidyti padangėse kiek tik panorėsite, arba galėsite vairuoti jį ant žemės.

Taigi, jeigu pateksite į Naująją Jeruzalę, ten galėsite pamatyti Dievą akis į akį, amžinai gyventi su savo mylimaisiais, o visi jūsų norai pildysis akimirksniu. Galėsite turėti viską, ko norėsite, su jumis visi elgsis kaip su pasakos princu ar princese.

Dalyvavimas Naujosios Jeruzalės banketuose

Naujoje Jeruzalėje nuolat rengiami banketai. Kartais Tėvas surengia banketus, kartais Viešpats, kartais – Šventoji Dvasia. Šių banketų metu galima patirti tikrą dangišką džiaugsmą. Jų metu galima iš pirmo žvilgsnio pajusti laisvę, grožį ir džiaugsmą.

Kai dalyvausite Tėvo rengiamuose banketuose, dėvėsite gražiausią aprangą ir papuošalus, valgysite ir gersite viską, kas geriausia. Ten mėgausitės nuostabia ir žavinga muzika, gyriais ir šokiais. Galėsite stebėti angelų šokius, kartais ir patys galėsite pašokti, kad įtiktumėte Dievui.

Angelams geriau sekasi atlikti gražias ir tobulas šokių figūras, bet Dievui labiau patinka Jo vaikų aromatas, juk jie žino Jo širdį ir myli iš visos širdies.

Tie, kas žemėje tarnavo Dievui garbinime, taip pat giedrins šiuos banketus, o kas giesmėmis, šokiais ir muzika šlovino Dievą, darys tą patį ir dangaus banketų metu.

Jūs dėvėsite minkštus pūkuotus rūbus su įvairiais atvaizdais, nuostabią karūną ir papuošalus iš ryškiai blizgančių brangakmenių. Be to, į banketus atvažiuosite debesų automobiliu arba auksine karieta su angelų palyda. Nejaugi jūsų širdis neplaka iš džiaugsmo ir laukimo, kai tiesiog įsivaizduojate visa tai?

Kruizų festivalis stiklo jūroje

Gražioje dangaus jūroje skaidrus ir švarus kaip krištolas vanduo yra be dėmių ar trūkumų. Pučia švelnus brizas, o mėlynos jūros vanduo banguoja ir ryškiai spindi. Daugybė žuvų plaukioja šiame vandenyje, kuris yra visiškai permatomas, ir kai priartėja žmonės, žuvys juos sveikina, mojuodamos savo pelekais ir išreiškia savo meilę.

Dar koralai susiburia grupėmis ir siūbuoja. Kiekvienas jų judesys atspindi tų gražių spalvų šviesas. Koks tai nuostabus vaizdas! Jūroje yra daug mažų salelių, kurios atrodo žavingai. Be to, yra kruiziniai laivai, kaip „Titanikas," kur beplaukiojant taip pat yra rengiami banketai.

Šie laivai turi visokių įdomybių: patogias kajutes, boulingo alėjas, baseinus ir pobūvių sales, kad žmonės galėtų pasirinkti bet kokį pomėgį.

Tiesiog įsivaizduokite visus festivalius šiuose laivuose, juk jie yra nuostabesni ir puošnesni už bet kokį kruizinį laivą žemėje, būti juose kartu su Viešpačiu ir savo mylimaisiais bus taip smagu.

2. Kokie žmonės patenka į Naująją Jeruzalę?

Turintys aukso tikėjimą, tie, kurie laukia Viešpaties pasirodymo, ir žmonės, kurie ruošiasi kaip Viešpaties sužadėtinės, įžengs į Naująją Jeruzalę. Taigi, kokiu žmogumi reikia būti, kad įžengtumėte į Naująją Jeruzalę, tviskančią ir gražią kaip krištolas, ir pilną Dievo malonės?

Žmonės, turintys tikėjimą, kad įtiktų Dievui

Naujoji Jeruzalė – tai vieta, skirta penkto lygio tikintiesiems, ne tik visiškai pašventinantiems savo širdį, bet ir ištikimiems visuose Dievo namuose.

Dievui patinkantis tikėjimas yra toks, kuriuo Dievas yra

visiškai patenkintas, o tai stimuliuoja Jį pildyti savo vaikų prašymus ir norus dar prieš jiems paprašius.

Kaip gi galima įtikti Dievui? Pateiksiu jums pavyzdį. Tarkime, tėvas grįžta po darbo namo ir paprašo savo dviejų sūnų, kad atneštų jam atsigerti. Vyresnis sūnus žinojo, kokį gazuotą gėrimą mėgo tėvas, ir atnešė jam „Cola" ar „Sprite" stiklinę. Be to, jis padarė tėvui masažą, nors tas net neprašė.

O jaunesnysis sūnus atnešė stiklinę vandens ir grįžo atgal į savo kambarį. Kas iš dviejų padarė tėvui malonumą, gerai pažinojo tėvo širdį?

Tėvas tikriausiai buvo labiau patenkintas ne tuo sūnumi, kuris atnešė vandens stiklinę vien tik tam, kad paklustų savo tėvui, o tuo, kuris atnešė jo mėgstamos „Cola" stiklinę ir pamasažavo jį, nors tėvas neprašė.

Panašus skirtumas yra tarp patenkančių į Trečiąją karalystę ir įžengiančių į Naująją Jeruzalę – tai priklauso nuo to, kiek žmonės patenkino Dievo Tėvo širdį ir buvo ištikimi pagal Tėvo valią.

Sveikos dvasios žmonės, turintys Viešpaties širdį

Turintys Dievui patinkantį tikėjimą pripildo savo širdį vien tik tiesa ir yra ištikimi visuose Dievo namuose. Būti ištikimu visuose Dievo namuose reiškia vykdyti pareigas virš normos paties Kristaus tikėjimu, o Jis pakluso Dievo valiai net iki mirties, nesurūpindamas savo gyvenimu.

Taigi, būti ištikimais visuose Dievo namuose reiškia neveikti pagal savo protą ar mintis, o vien tik pagal Viešpaties širdies, dvasinės širdies liepimus. Paulius aprašo Viešpaties Jėzaus širdį Filipiečiams 2:6-8.

„... kaip Kristus Jėzus, kuris, esybe būdamas Dievas, nesilaikė pasiglemžęs savo lygybės su Dievu, bet apiplėšė save ir esybe tapo tarnu ir panašus į žmones. Ir išore tapęs kaip žmogus, Jis nusižemino, tapdamas paklusnus iki mirties, iki kryžiaus mirties."

Todėl Dievas Jį išaukštino ir suteikė Jam vardą aukščiau visų kitų vardų, leido Jam sėdėti Dievo dešinėje, ir davė valdžią – būti „karalių Karaliumi" ir „viešpačių Viešpačiu."

Taigi, kaip ir Jėzus jūs turite besąlygiškai paklusti Dievo valiai, kad jūsų tikėjimas leistų jums įžengti į Naująją Jeruzalę. Todėl įžengiantis į Naująją Jeruzalę turi suprasti Dievo širdies gelmes. Toks žmogus patinka Dievui, nes jis yra ištikimas iki mirties ir vykdo Dievo valią.

Dievas tobulina savo vaikus, kad jų tikėjimas būtų kaip auksas ir leistų jiems įžengti į Naująją Jeruzalę. Kaip aukso ieškotojas ilgai plauna ir filtruoja gabaliukus, taip ir Dievas prižiūri savo vaikus, kai jų sielos pasidaro gražios, o jų nuodėmės nusiplauna Jo žodžiu. Kai tik Jis mato, kad Jo vaikai turi aukso tikėjimą, Jis džiaugiasi dėl visų savo skausmų, agonijos ir sielvarto, kuriuos Jis patyrė norėdamas pasiekti žmonių ugdymo tikslą.

Įžengiantys į Naująją Jeruzalę yra tikri vaikai, kuriuos Dievas laimėjo, ilgai laukdamas, kol jų širdys pasikeis ir bus kaip Viešpaties širdys, o dvasios bus sveikos. Jie yra labai brangūs Dievui, Jo meilė jiems bus begalinė. Štai kodėl Dievas perspėja mus 1 Tesalonikiečiams 5:23: *„Pats ramybės Dievas iki galo jus tepašventina ir teišlaiko jūsų dvasią, sielą ir kūną nepeiktiną mūsų Viešpaties Jėzaus atėjimui."*

Žmonės, džiaugsmingai vykdantys kankinystės pareigas

Kankinystė – tai savo gyvybės atidavimas. Tam reikia tikro ryžtingumo ir begalinio pamaldumo. Šlovė ir paguoda, kurias gauna žmogus, atidavęs savo gyvenimą Dievo valios pasiekimui, kaip tai padarė Jėzus, yra tiesiog neįsivaizduojamai didelės.

Žinoma, kiekvienas įžengiantis į Trečiąją karalystę ar Naująją Jeruzalę, turi tikėjimą tapti kankiniu, tačiau žmogus, kuris tikrai tampa kankiniu, gaus žymiai didesnę šlovę. Jeigu esate pasiryžę tapti kankiniu, jūs turite išvystyti kankinio širdį, pasiekti pašventinimą ir visiškai įvykdyti savo pareigas, tik tuomet gausite kankinio atlygį.

Kartą Dievas apreiškė man tarnautojo iš mano bažnyčios šlovę, kuri jo laukia Naujoje Jeruzalėje, kai jis išpildys kankinystės pareigas.

Kai jis bus paimtas į dangų po savo pareigų įvykdymo, jo dėkingumo Dievo meilei ašaroms nebus galo, kai jis žiūrės į savo namus. Prie jo namo vartų yra toks didelis sodas su pilna gėlių, medžių ir kitų papuošimų įvairove. Nuo sodo iki pagrindinio pastato kelias yra išklotas auksu, o gėlės aukština jų šeimininko pasiekimus ir guodžia jį puikiais aromatais.

Be to, paukščiai su auksinėmis plunksnomis spindi, o gražūs medžiai laukia sode. Daugybė angelų, visi gyvūnai ir net paukščiai aukština jo kankinystės žygdarbius ir sveikina jį, o kai jis vaikšto gėlių keliu, jo meilė Viešpačiui tampa gražiu aromatu. Jis nuolatos iš širdies dėkos Dievui.

„Viešpats tikrai be galo pamilo mane ir patikėjo

man tokias vertingas pareigas! Todėl aš galiu gyventi Tėvo meilėje!"

Namo viduje daugybė brangakmenių puošia sienas, karneolio šviesa yra raudona kaip kraujas, o safyro šviesa yra ypatinga. Karneolis rodo, kad jis buvo kupinas entuziazmo paaukoti savo gyvybę ir aistringos meilės, kaip apaštalas Paulius. Safyras simbolizuoja tai, kad jo širdis yra nekintanti ir teisi, o jo dorumas saugo tiesą iki mirties. Jie yra skirti kankinystės atminimui.

Ant išorės sienų yra paties Dievo parašytas užrašas. Ten užfiksuoti namo šeimininko išbandymų laikai, kada ir kaip jis tapo kankiniu, ir kokiomis aplinkybėmis jis įvykdė Dievo valią. Kai tikintieji tampa kankiniais, jie tą akimirką giria Dievą arba kartais išsako Jam šlovinimo žodžius. Būtent šie pasakymai yra užrašomi ant sienos. Užrašas spindi taip šviesiai, kad jo skaitytoją apima laimės jausmas. Jis iš tiesų įspūdingas, juk jo autorius pats Dievas – šviesa! Taigi kiekvienas aplankantis šiuos namus nusilenks prieš šiuos užrašus, parašytus paties Dievo!

Ant vidinių svetainės tapyba puoštų sienų yra daug didelių skydų. Šie piešiniai aprašo jo veiksmus nuo pat įtikėjimo: kaip jis mylėjo Viešpatį, kokius darbus nuveikė, kas buvo jo širdyje tam tikru laiku.

Be to, viename iš sodo kampelių yra įvairi sporto įranga, pagaminta iš stebuklingų medžiagų su šioje žemėje neįsivaizduojamais papuošimais. Dievas juos padarė tam, kad jam būtų malonu, juk jis taip mėgo sportą, bet dėl tarnavimo negalėjo juo užsiimti. Hanteliai nėra iš metalo ar plieno, kaip šioje žemėje, bet yra sukurti Dievo su ypatingais papuošimais. Taigi, jie yra kaip gražiai spindintys brangakmeniai. Stebėtina yra tai, kad jie turi skirtingus svorius, priklausomai nuo žmogaus, kuris mankštinasi. Jie yra naudojami ne formos palaikymui, bet kaip suvenyrai ir malonumo daiktai.

Kaip jausis tas žmogus, kai žiūrės į visus tuos dalykus, kuriuos Dievas jam paruošė? Jis turėjo paaukoti savo norus dėl Viešpaties, o dabar jo širdis paguosta, ir jis yra labai dėkingas už Dievo Tėvo meilę.

Jis tiesiog nesulaikomai dėkoja Dievui ir giria Jį su ašaromis, juk Dievo švelni ir rūpestinga širdis paruošė viską, ko jis norėjo, nepraleido nė menkiausio jo širdies noro.

Žmonės visiškoje vienybėje su Viešpačiu ir Dievu

Dievas parodė man, kad Naujoje Jeruzalėje yra namas, kuris yra didelis kaip didmiestis. Jis buvo toks nuostabus, kad vis gėrėjausi jo dydžiu, grožiu ir puošnumu.

Gigantiškos apimties namas turi dvylika vartų - po tris šiaurėje, pietuose, rytuose ir vakaruose. Centre – didelė trijų aukštų pilis, papuošta grynu auksu ir įvairiais brangakmeniais.

Pirmajame aukšte yra didžiulė salė, kurios galo nesimato, ten daug svetainių. Jos yra naudojamos banketams ir susitikimams. Antrame aukšte – patalpos, kur yra saugomos ir parodomos karūnos, rūbai ir suvenyrai, taip pat yra vietos, kuriose yra priimami pranašai. Trečias aukštas naudojamas išskirtinai susitikimams su Viešpačiu ir meilės bendravimui su Juo.

Aplink tą pilį yra sienos, kurias puošia gėlės ir puikiausi aromatai. Gyvenimo vandens upė taikiai teka aplink pilį, o už upės – arkos formų vaivorykštės spalvų debesų tiltai.

Sode tobulo grožio vaizdą sudaro įvairios gėlės, medžiai ir

žolė. Kitoje upės pusėje – neįsivaizduojamai didelis miškas.

Taip pat yra pramogų parkas su daugeliu atrakcionų, pavyzdžiui, krištolo traukiniu, „Vikingų" karusele iš aukso, ir kiti atrakcionai, papuošti brangakmeniais. Jie skleidžia puikias šviesas, kai yra naudojami. Šalia pramogų parko yra plati gėlių alėja, o už jos yra lyguma, kur žaidžia ir ilsisi gyvūnai, kaip žemės tropinėse lygumose.

Be to, yra daug namų ir pastatų, papuoštų daugelių brangakmenių, kurie visur spindi gražiomis ir stebuklingomis šviesomis. Šalia sodo taip pat yra krioklys, o už kalvos – jūra, kur plaukioja dideli kruiziniai laivai, panašūs į „Titaniką." Visa tai priklauso vienam namui, taigi galite šiek tiek įsivaizduoti, koks didelis ir platus jis yra.

Šis miesto dydžio namas yra turistinė vieta danguje, pritraukianti daugelį žmonių ne tik iš Naujosios Jeruzalės, bet ir visų dangaus regionų. Žmonės smagiai leidžia laiką ir dalinasi Dievo meile. Nesuskaičiuojamos galybės angelų tarnauja šeimininkui, prižiūri pastatus ir įrangą, palydi debesų automobilius, šlovina Dievą šokiais ir muzikinių instrumentų grojimu. Viskas yra paruošta maksimaliai laimei ir malonumui.

Dievas paruošė šį namą, nes jo šeimininkas tikėjimu, viltimi ir meile nugalėjo visokius išbandymus, bei atvedė daugybę žmonių į išgelbėjimo kelią gyvenimo žodžiu ir Dievo jėga, mylėdamas Dievą aukščiau už visą kitą.

Meilės Dievas prisimena jūsų pastangas ir ašaras bei atsilygina už tai, ką padarėte. Jis nori, kad būtumėme viena su Juo, su Viešpačiu, kad meilė mumyse teiktų gyvenimą, kad taptumėme dvasiniais darbininkais ir atvestumėme daugybę žmonių į išgelbėjimo kelią.

Žmonės, turintys Dievui įtinkantį tikėjimą, gali būti viena su Juo, su Viešpačiu dėl jų gyvenimą teikiančios meilės, nes jie ne tik atspindi Viešpaties širdį ir pasiekia sveikos dvasios būklę, bet ir atiduoda savo gyvybę, kad taptų kankiniais. Tokie žmonės tikrai myli Dievą, Viešpatį. Net jeigu nebūtų dangaus, jie nesigaili dėl viso to, kuo galėjo džiaugtis ir didžiuotis žemėje, jie nieko neprarastų. Jų širdis laiminga ir džiaugsminga, nes jie gali veikti pagal Dievo žodį ir darbuotis Viešpaties labui.

Žinoma, žmonės su tikru tikėjimu gyvena ir viliasi gauti Viešpaties apdovanojimus danguje, kaip Žydams 11:6 parašyta: *„O be tikėjimo neįmanoma patikti Dievui. Kas artinasi prie Dievo, tam būtina tikėti, kad Jis yra ir kad uoliai Jo ieškantiems atsilygina."*

Taigi, jiems nerūpi, ar yra dangus, ar jo nėra, ar bus apdovanojimai, ar ne, nes jie turi kažką vertingesnio. Jiems didžiausia laimė yra susitikti su Dievu Tėvu ir Viešpačiu, savo nuoširdžia meile. Taigi, nesutikti Dievo Tėvo ir Viešpaties sukelia didesnį nusivylimą, negu apdovanojimų negavimas ar nepatekimas į dangų.

Rodantys savo nemirštančią meilę Dievui ir Viešpačiui atiduodami savo gyvenimą, net jeigu nebūtų laimingo dangaus gyvenimo, yra sujungti su savo jaunikiu Tėvu ir Viešpačiu per savo gyvybę teikiančią meilę. Kokia didinga šlovė ir apdovanojimai jų laukia nuo Dievo!

Apaštalas Paulius, laukęs Viešpaties pasirodymo ir dalyvavęs

Viešpaties darbuose, atvedęs tiek daug žmonių į išgelbėjimą, pripažino:

> *„Ir aš įsitikinęs, kad nei mirtis, nei gyvenimas, nei angelai, nei kunigaikštystės, nei galybės, nei dabartis, nei ateitis, nei aukštumos, nei gelmės, nei jokie kiti kūriniai negalės mūsų atskirti nuo Dievo meilės, kuri yra Kristuje Jėzuje, mūsų Viešpatyje"* (Romiečiams 8:38-39).

Naujoji Jeruzalė – tai vieta Dievo vaikams, kurie yra susijungę su Dievu Tėvu per tokio pobūdžio meilę. Naujoji Jeruzalė, tviskanti ir graži kaip krištolas, kur laimei ir džiaugsmui nėra galo, yra paruošiama tokiu būdu.

Meilės Dievas Tėvas nori, kad visi pasiektų ne vien tik išgelbėjimą, bet ir atspindėtų Jo šventumą ir tobulumą, kad patektų į Naująją Jeruzalę.

Todėl aš Viešpaties vardu meldžiu, kad jūs suprastumėte, jog tas pats Viešpats, kuris nuėjo į dangų paruošti jums vietas, greitai sugrįš, tad pasiekite sveikos dvasios būseną ir išlaikykite save nepeiktinais, kad taptumėte gražia nuotaka, galinčia pasakyti: „Viešpatie Jėzau, ateik greičiau."

Autorius:
Dr. Džeirokas Li

Dr. Džeirokas Li gimė 1943 metais Korėjos respublikos Kjong-nam provincijos Muano mieste. Jam sukakus dvidešimt metų, jis septynis metus sirgo daugybe nepagydomų ligų ir laukė mirties be išsigydymo vilties. Tačiau 1974 m. jo sesuo nuvedė jį į vieną bažnyčią, ir, kai jis atsiklaupė pasimelsti, Gyvas Dievas iš karto jį išgydė nuo visų ligų.

Tą akimirką per šį stebuklingą atvejį dr. Li susitiko su Gyvuoju Dievu, jis pamilo Dievą visa savo širdimi ir 1978 m. jis buvo pašauktas Dievo tapti Jo tarnu. Jis karštai meldėsi, norėdamas aiškiai sužinoti Dievo valią, visiškai ją įvykdyti ir paklusti visam Dievo Žodžiui. 1982 m. jis įsteigė Manmin Centrinę Bažnyčią Seule, Korėjoje ir nuo to laiko joje vyksta nesuskaičiuojami Dievo darbai – antgamtiški išgydymai ir stebuklai.

1986 m. Kasmetinės Korėjos Jėzaus Bažnyčios „Sungkiul" Asamblėjos metu dr. Li buvo įšventintas pastoriumi, o 1990 m. – praėjus tik keturiems metams – jo pamokslai buvo transliuojami Australijoje, Rusijoje, Filipinuose ir daugelyje kitų šalių Tolimųjų Rytų Transliacijų Kompanijos, Azijos Transliacijų Stoties ir Vašingtono Krikščionių Radijo Sistemos dėka.

Po trijų metų, 1993, Manmin Centrinė Bažnyčia buvo išrinkta Amerikos žurnalo „Christian World" viena iš „50 Pasaulio Geriausių Bažnyčių", ir jis gavo teologijos garbės daktaro laipsnį Krikščionių Tikėjimo Koledže, Floridoje, JAV, o 1996 m. Teologijos seminarijos „Kingsway" (Ajova, JAV), tarnautojo daktaro laipsnį.

Nuo 1993 m. dr. Li tapo pasaulinių misijų lyderiu daugelyje užsienio evangelizacijų Tanzanijoje, Argentinoje, Los Andžele, Baltimorėje, Havajuose, Niujorke, Ugandoje, Japonijoje, Pakistane, Kenijoje, Filipinuose, Hondūre, Indijoje, Rusijoje, Vokietijoje, Peru, Kongo Demokratinėje

Respublikoje, Izraelyje. 2002 m. Korėjos pagrindinių krikščioniškų laikraščių už savo veiklą įvairiose užsienio Didžiosiose Jungtinėse Evangelizacijose jis buvo pavadintas „pasaulinio masto pastoriumi". 2016 m. sausio mėnesio duomenimis, Manmin Centrinei Bažnyčiai priklauso daugiau negu 120,000 narių. Visame pasaulyje yra 10,000 vietinių ir užsienio dukterinių bažnyčių-filialų: daugiau negu 102 misionierių buvo paskirta darbui 23 šalyse, kurių tarpe Jungtinės Valstijos, Rusija, Vokietija, Kanada, Japonija, Kinija, Prancūzija, Indija, Kenija ir daugelis kitų.

Iki šios knygos leidimo datos dr. Li yra parašęs 100 knygų, tarp jų bestseleriai: *Patirti Amžinąjį Gyvenimą Anksčiau už Mirtį*, *Žinia apie Kryžių*, *Tikėjimo Saikas*, *Dangus 1 dalis*, *Dangus 2 dalis*, *Pragaras*, *Mano Gyvenimas Mano Tikėjimas 1 dalis*, *Mano Gyvenimas Mano Tikėjimas 2 dalis*, ir *Dievo Jėga*. Jo darbai buvo išversti daugiau negu į 75 kalbas.

Jo krikščioniški straipsniai yra spausdinami šiuose leidiniuose: „The Hankook Ilbo", „The JoongAng Daily", „The Chosun Ilbo", „The Dong-A Ilbo", „The Munhwa Ilbo", „The Seoul Shinmun", „The Kyunghyang Shinmun", „The Hankyoreh Shinmun", „The Korea Economic Daily", „The Korea Herald", „The Shisa News", ir „The Christian Press".

Šiuo metu Dr. Li yra daugelio misijų organizacijų ir asociacijų vadovas: Jėzaus Kristaus Jungtinė Šventumo Bažnyčia (pirmininkas), Pasaulinės Krikščionybės Prabudimų Misijos Asociacija (nuolatinis pirmininkas), Globalus Krikščionių Tinklas GCN (steigėjas ir tarybos pirmininkas), Pasaulio Krikščionių Gydytojų Tinklas WCDN (steigėjas ir tarybos pirmininkas), Tarptautinė Manmin Seminarija MIS (steigėjas ir tarybos pirmininkas).

Kitos vertingos to paties autoriaus knygos

Dangus 2 dalis

Žavios gyvenimo aplinkos, kurioje gyvena Dangaus piliečiai, detalus aprašymas ir puikus skirtingų dangaus karalystės lygių pavaizdavimas

---

Žinia apie Kryžių

Stiprus ir širdį žadinantis pamokslas visiems, kurie dvasiškai užmigo. Skaitydami šią knygą sužinosite, kodėl Jėzus yra mūsų vienintelis Išgelbėtojas ir patirsite tikrą Dievo meilę.

Pragaras

Nuoširdus pamokslas visiems žmonėms nuo paties Dievo, kuris nori, kad nei viena siela nepatektų į pragaro gelmes! Sužinosite apie visai Jums nepažįstamą pragaro gelmių realybę.

Dvasia, Siela ir Kūnas I & II

Dvasiškai supratę dvasią, sielą ir kūną, kurie yra sudedamosios žmonių dalys, skaitytojai galės pažvelgti į save ir suprasti žmonių gyvenimą. Ši knyga rodo skaitytojams, kaip tapti dieviškosios prigimties dalininkais ir gauti visus Dievo pažadėtus palaiminimus.

Tikėjimo Saikas

Kokia buveinė, karūna ir apdovanojimai laukia Jūsų Danguje? Ši knyga išmintingai ir kryptingai padės Jums nustatyti savo tikėjimo saiką ir išugdyti geriausią ir brandžiausią tikėjimą.

Pabusk, Izraeli

Kodėl Dievas nenuleidžia Savo akių nuo Izraelio nuo pat pasaulio pradžių iki šios dienos? Koks Jo planas yra paruoštas Izraeliui paskutinėmis dienomis, kai jie laukia Mesijo?

Mano Gyvenimas, Mano Tikėjimas I & II

Gardžiausias dvasinis aromatas, sklindantis iš gyvenimo, kuris žydėjo neprilygstama meile Dievui tamsių bangų, šalto jungo ir neapsakomos nevilties laikais

Dievo Jėga

Šią knygą būtina perskaityti tiems, kurie ieško atsakymų į tai, kaip įgyti tikrą tikėjimą ir patirti stebuklų kupiną Dievo jėgą

www.urimbooks.com

www.ingramcontent.com/pod-product-compliance
Lightning Source LLC
LaVergne TN
LVHW041703060526
838201LV00043B/551